苏童

自行车之歌

人民文学出版社
PEOPLE'S LITERATURE PUBLISHING HOUSE

图书在版编目(CIP)数据

自行车之歌/苏童著．—北京：人民文学出版社，2017(2023.3 重印)
(我们小时候)
ISBN 978-7-02-012685-9

Ⅰ．①自…　Ⅱ．①苏…　Ⅲ．①散文集-中国-当代　Ⅳ．①I267

中国版本图书馆 CIP 数据核字(2017)第 059087 号

丛书策划：**陈　丰**
责任编辑：**朱卫净　李　殷**
封面设计：**汪佳诗**
插　　图：**谢　翔**

出版发行　**人民文学出版社**
社　　址　**北京市朝内大街 166 号**
邮政编码　**100705**

印　　制　**山东新华印务有限公司**
经　　销　**全国新华书店等**

开　　本　**890 毫米×1240 毫米　1/32**
印　　张　**4.5**
插　　页　**8**
字　　数　**110 千字**
版　　次　**2017 年 4 月北京第 1 版**
印　　次　**2023 年 3 月第 6 次印刷**

书　　号　**978-7-02-012685-9**
定　　价　**55.00 元**

编者的话
大作家与小读者

“我们小时候……”长辈对孩子如是说。接下去，他们会说他们小时候没有什么，他们小时候不敢怎样，他们小时候还能看见什么，他们小时候梦想什么……翻开这套书，如同翻看一本本珍贵的童年老照片。老照片已经泛黄，或者折了角，每一张照片讲述一个故事，折射一个时代。

很少人会记得小时候读过的那些应景课文，但是课本里大作家的往事回忆却深藏在我们脑海的某一个角落里。朱自清父亲的背影、鲁迅童年的伙伴闰土、冰心的那盏小橘灯……这些形象因久远而模糊，但是永不磨灭。我们就此认识了一位位作家，走进他们的世界，学着从生活平淡的细节中捕捉永恒的瞬间，然后也许会步入文学的殿堂。

王安忆说："历史是胜利者的历史，记忆也是，谁的记忆谁有发言权，谁让是我来记忆这一切呢？那些沙砾似的小孩子，他们的形状只得湮灭在大人物的阴影之下了。可他们还是摇曳着气流，在某种程度上，修改与描画着他人记忆的图景。"如果王安忆没有弄堂里的童年，忽视了"那些沙砾似的小孩子"，就可能没有《长恨歌》这部上海的记忆，我们的文学史上或许就少了一部上海史诗。儿时用心灵观察、体验到的一切可以受用一生。如苏童所言，"童年的记忆非常遥远却又非常清晰"。普鲁斯特小时候在姨妈家吃的玛德莱娜小甜点的味道打开了他记忆的闸门，由此产生了三千多页的长篇巨著《追寻逝去的时光》。苏童因为对儿时空气中飘浮的"那种樟脑丸的气味"和雨点落在青瓦上"清脆的铃铛般的敲击声"记忆犹新，因为对苏州百年老街上店铺柜台里外的各色人等怀有温情，他日后的“香椿树街”系列才有声有色。汤圆、蚕豆、当甘蔗啃的玉米秸……儿时可怜的零食留给毕飞宇的却是分享的滋味，江南草房子和大地的气息更一路伴随他的写作生涯。迟子建恋恋不忘儿时夏日晚饭时的袅袅蚊烟，“为那股亲切而熟悉的气息的远去而深深地怅惘着”，她的作品中常常飘浮着一缕缕怀旧的氤氲。

什么样的童年是美好的？生长于上世纪六十年代、七十年代动乱时期的中国父母们很难回答这个问题。他们中的大多数人没有团花似锦的童年。“在漫长的童年时光里，我不记得童话、糖果、游戏和来自大人的过分的溺爱，我记得的是清苦，记得一盏十五瓦的黯淡的灯泡照耀着我们的家，潮湿的未浇水泥的砖地，简陋的散发着霉味的家具……”苏童的童年印象很多人并不陌生。但是清贫和孤寂却不等于心灵贫乏和空虚，不等于没有情趣。儿童时代最温馨的记忆是玩过什么。那个时代玩具几乎是奢侈品，娱乐几乎被等同于奢靡。但是大自然却能给孩子们提供很多玩耍的场所和玩物。毕飞宇和小伙伴们不定期地举行“桑树会议”，每个屁孩在一棵桑树上找到自己的枝头坐下颤悠着，做出他们的“重大决策”。辫子姐姐的宝贝玩具是蚕宝宝的“大卧房”，半夜开灯看着盒子里“厚厚一层绒布上一些小小的生命在动，细细的，像一段段没有光泽的白棉线。我蹲在那里，看蚕宝宝吃桑叶。好几条蚕宝宝伸直了身体，对准一片叶子发动‘进攻’。叶子边有趣地一点点凹进去，弯成一道波浪形”。那份甜蜜赛过今天女孩子们抱着芭比娃娃过家家。

最热闹的大概要数画家黄永玉一家了，用他女儿黑妮的话说，“我们家好比一艘载着动物的诺亚方舟，由妈妈把舵。跟妈妈一起过日子的不光是爸爸和后来添的我们俩，还分期、分段捎带着小猫大白、荷兰猪土彼得、麻鸭无事忙、小鸡玛瑙、金花鼠米米、喜鹊喳喳、猫黄老闷儿、猴伊沃、猫菲菲、变色龙克莱玛、狗基诺和绿毛龟六绒”，这家人竟然还从森林里带回家一只小黑熊。这艘大船的掌舵人张梅溪女士让我们见识了上世纪五十年代的小兴安岭，带我们走进森林动物世界。

物质匮乏意味着等待、期盼。比如等着吃到一块点心，梦想得到一个玩具，盼着看一场电影。哀莫大于心死，祈望虽然难耐，却不会使人麻木。渴望中的孩子听觉、嗅觉、视觉和心灵会更敏感。“我的童年是在等待中度过的，我的少年也是在等待中度过的……一次又一次的失望让我拥有了无与伦比的忍受力。我的早熟一定与我的等待和失望有关。在等待的过程中，你内心的内容在疯狂地生长。每一天你都是空虚的，但每一天你都不空虚。”毕飞宇在这样的期待中成长，他一年四季观望着大地变幻着的色彩，贪婪地吸吮着大地的气息，倾听着“泥土在开裂，庄稼在抽穗，流水在浇灌”。没有他少年时在无垠的田野上的守望，就不会有他日后《玉米》《平原》等乡村题材的杰作。

而童年留给迟子建的则是大自然的调色板。她画出了月光下白桦林的静谧、北极光令人战栗的壮美，还有秋霜染过的山峦……她笔下那些背靠绚丽的五花山“弯腰弓背溜土豆”的孩子，让人想起米勒的《拾穗者》。莫奈的一池睡莲虚无缥缈，如诗如乐，凡·高的向日葵激情四射，如奔腾的火焰……可哪个画家又能画出迟子建笔下炊烟的灵性？“炊烟是房屋升起的云朵，是劈柴化成的幽魂。它们经过了火光的历练，又钻过了一段漆黑的烟道，一旦从烟囱中脱颖而出，就带着一种超凡脱俗的气质，宁静、纯洁、轻盈、缥缈。天空无云，它们就是空中的云朵；而有云的日子，它们就是云的长裙下飘逸的流苏。”

所以，毕飞宇说：“如果你的启蒙老师是大自然，你的一生都将幸运。”

作家们没有美化自己的童年，没有渲染贫困，更不是“为赋新词强说愁”，而是从童年记忆中汲取养分，把童年时的心灵感受诉诸笔端。

如今我们用数码相机、iPad、智能手机不假思索地拍下每一处风景、每一个瞬间、每一个表情、每一个角落、每一道佳肴，然后轻轻一点，很豪爽地把很多图像扔进垃圾档。我们的记忆在泛滥，在掉价。几十年后，小读者的孩子看我们的时代，不用瞪着一张张发黄的老照片发呆，遥想当年。他们有太多的色彩斑斓的影像资料，他们要做的是拨开扑朔迷离的光影，筛选记忆。可是，今天的小读者们更要靠父辈们的叙述了解他们的过去。其实，精湛的文本胜过图片，因为你可以知道照片背后的故事。

我们希望，少年读了这套书可以对父辈说：“我知道，你们小时候……”我们希望，父母们翻看这套书则可以重温自己的童年，唤醒记忆深处残存的儿时梦想。

我们期待着更多的作家加入进来，为了小读者，激活你们童年的记忆。

童年印象，吉光片羽，隽永而清新。

陈 丰

目 录

六十年代，一张标签

童年的一些事

夏天的一条街道

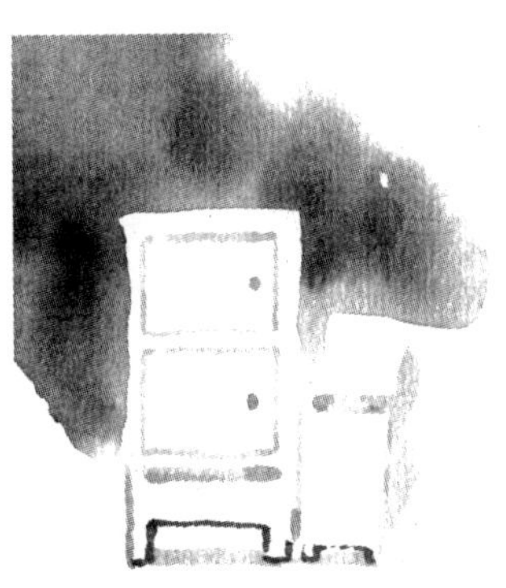

六十年代，一张标签

六十年代，一张标签

生于六十年代，对我来说没什么可抱憾，也没什么值得庆幸的，严格地来说这是我父母的选择。假如我早出生十年，我会和我姐姐一样上山下乡，在一个本来与己毫不相干的农村度过青春年华；假如我晚生十年，我会对“毛主席语录”、“批林批孔”、“反击右倾翻案风”这些名词茫然不解，但这又有什么关系？所有的历史都可以从历史书本中去学习，个人在历史中常常是没有注解的，能够为自己作注解的常常是你本人，不管你是哪一个年代出生的人。历史总是能恰如其分地湮没个人的人生经历，当然包括你的出生年月。

生于六十年代，意味着我逃脱了许多政治运动的劫难，而对劫难又有一些模糊而奇异的记忆。那时我还是孩子，孩子对外部世界是从来不作道德评判的，他们对暴力的兴趣一半出于当时教育的引导，一半是出于天性。我记得上小学时，听说中学里的大哥哥大姐姐让一个女教师爬到由桌子椅子堆成的“山”上，然后他们从底下抽掉桌子，女教师就从“山”顶上滚落在地上。我没有亲眼见到那残酷的一幕，但是我认识那个女教师。后来我上中学时经常看见她，我要说的是这张脸我一直不能忘怀，因为一些黑紫色的沉积的疤瘢经过这么多年仍然留在了她的脸上。我要说我的那些大哥哥大姐姐中间许多人是有作恶记录的，虽然可以从诸多方面为他们的恶行开脱，但记录就是记录，它已经不能抹去。我作为一个旁观的孩子，没有人可以给我定罪，包括我自己。这是我作为一个一九六三年出生的人比他们轻松、比他们坦荡的原因之一，也是我比那些对“文革”一无所知的七十年代人复杂一些、世故一些的原因之一。

中国社会曾经是一个很特殊的社会，现在依然特殊。我这个年龄的人在古代已经可以抱孙子了，但目前仍然被习惯性地称为青年，这样的青年看见真正的青年健康而充满生气地在社会各界闯荡，有时觉得自己像一个假冒伪劣产品。这样的青年看到经历过时代风雨的人在报纸电视上谈论革命谈论运动，会对身边的年轻人说："这些事情你不知道吧？我可是都知道。"但是其实这样的青年是局外人，他们最多只是目击者和旁观者。六十年代出生的这些人，在当今中国社会属于承前启后的一代，但是他们恰恰是边缘化的一代人。这些人中有的在愤世嫉俗中随波逐流，有的提前迈入中老年心态。前者在七十年代人群中成为脸色最灰暗者，后者在处长科长的职位上成为新鲜血液，孤独地兀自流淌着，这些人从来不考虑生于六十年代背后隐藏了什么潜台词。这些人现在是上有老下有小的一代，同样艰难的生活正在悄悄地磨蚀他们出生年月上的特别标志。这一代人早已经学会向现实生活致敬，别的，随它去吧。

一代人当然可以成为一本书，但是装订书的不是

我七岁入学，入学前父母带着我去照相馆拍了张全身像，照片上我身穿黄布仿制的军装，手执一本红宝书放在胸前，咧着嘴快乐地笑着，这张照片后来成为我人生最初阶段的留念。

面对他们我突然尝受到了无以言传的痛苦，也就是在门口偷听外面同学说话的时候，我才真正意识到我是多么想念我的学校，我真正明白了生病是件很不好玩的事情。

年、月、日，是一个一个一个一个的人。写文章的人总是这样归纳那样概括，为赋新词强说愁，但是我其实情愿制造一个谬论：群体在精神上其实是不存在的。就像那些在某个时间某个妇产医院同时降生的婴儿，他们离开医院后就各奔东西，尽管以后的日子里这些长大的婴儿有可能会相遇，但有一点几乎是肯定的：他们谁也不认识谁。

初入学堂

我第一次去学校不是去上学，好像是去玩还是因为家中无人照看，我已经记不清了。那一年我大约五岁，我跟着大姐到她的学校去。我依稀记得坐落在僻静小街上的一排泥砖校舍，一个老校工站在操场上摇动手里的铁铃铛，大姐拉着我的手走进教室。请设想一幅画面——一个学龄前的小孩坐在一群五年级女生中间，怯生生地注视着黑板和黑板前的教师。那个女教师的发式和服饰与我母亲并无二致，但清脆响亮的普通话发音使她的形象变得庄严而神圣起来，那个瞬间我崇敬她胜过我的母亲。

一个阳光明媚的早晨，我滥竽充数地坐在大姐的教室里，并没有人留意我的存在。我的手里或许握着一支用标语纸折成的纸箭，一九六七年的阳光透过玻璃窗洒在我的身上，我对阳光空气中血腥和罪孽的成分浑然不知，我记得琅琅的读书声在四周响起来，一遍又一遍地响起来，无论怎样那是我第一次感受了教育优美的秩序和韵律。

童稚之忆是否总有一圈虚假的美好的光环？扳指一算，当时正值“文革”最混乱的年月，大姐的学校或许并非那么温暖美好。

我七岁入学，入学前父母带着我去照相馆拍了张全身像，照片上我身穿黄布仿制的军装，手执一本红宝书放在胸前，咧着嘴快乐地笑着，这张照片后来成为我人生最初阶段的留念。

我自己的小学从前是座耶稣堂，校门朝向大街，从不高的围墙上方望进去，可以看见礼拜堂的青砖建筑，礼拜堂早就被改成学校的小会堂了。一棵本地罕见的老棕榈树长在校门里侧。从一九六九年秋季开始，棕榈树下的这所小学就成为了我的第一所学校。

我记得初入学堂在空地上排队的情景，一年级的教室在从前传教士居住的小楼里，楼前一排漆成蓝色的木栅栏，木栅栏前竖着一块红色的铁质标语牌，上面写着“好好学习，天天向上”，标语的内容耳熟能详。学校里总是有什么东西给你带来惊喜，比如楼前的紫荆正开满了星状花朵，它的圆叶摊在手心能击打出异常清脆的响声；比如围墙下的滑梯和木马，虽然木质已近乎腐朽，但它们仍然是孩子们难得享用的大玩具，天真好动的孩子都拥上去，剩下一些循规蹈矩的乖孩子站着观望。

入学第一天是慌张而亢奋的一天，但我也有了我的不快，因为排座位的时候，老师把我和一个姓王的女孩排在一张课桌上，而且是第一排。我讨厌坐在第一排，第一排给人以某种弱小可怜的感觉；我更讨厌与那个女孩同桌，因为她邋遢而呆板，别的女孩都穿着花裙子，打扮得漂漂亮亮，唯独她穿着打了补丁的蓝裤子，而且她的脸上布满鼻涕的痕迹。我的同桌始终用一种受惊的目光朝我窥望，我看见她把毛主席的红宝书放在一只铝碗里，铝碗有柄，她就一直把铝碗端来端去的，显得有点可笑，但这样携带红宝书肯定是她家长的吩咐。

所以，入学第一天我侧着脸和身子坐在课堂里，心中一直为我不如意的座位愤愤不平。

启蒙老师姓陈，当时大约五十岁的样子，关于她的历史现在已无从查访，只记得她是湖南人，丈夫死了，多年来她与女儿相依为命住在学校的唯一一间宿舍里，其实也就是一年级教室的楼上。现在我仍然清晰地记得陈老师的齐耳短发已经斑白，颧骨略高，眼睛细长但明亮如灯。记得她常年穿着灰色的上衣和黑布鞋子，气质洁净而娴雅，当她站在初入学堂的孩子们面前时，他们或许会以她作参照，形成此后一生的某个标准：一个女教师就应该有这种明亮的眼神和善良的微笑，应该有这种动听而不失力度的女中音，她的教鞭应该笔直地放在课本上，而不是常常提起来敲击孩子们的头顶。

1+1=2

b p m f

a o e i

这才是我一生中最美好的天籁，我记得是陈老师教会了我加减法运算和汉语拼音。一年级的时候我学会了多少汉字？二百个？三百个？记不清了，但我记得我就是用那些字给陈老师写了一张小字报。那是荒唐年代里席卷学校的潮流，广播里每天都在号召人们向××路线开火，于是我和另外一个同学就向陈老师开火了，我们歪歪斜斜地写字指出陈老师上课敲过桌子，我们认为那就是广播里天天批判的“师道尊严”。

我想陈老师肯定看见了贴在一年级墙上的小字报，她会作何反应？我记得她在课堂上一如既往地微笑着，下课时她走过我身边，只是伸出手在我脑袋上轻轻抚摸了一下。那么轻轻的一次抚摸，是一九六九年的一篇凄凉的教育诗。我以这种荒唐的方式投桃报李，虽然是幼稚的潮流之错，但事隔二十多年想起这件事仍然有一种心痛的感觉。

我上二年级的时候，陈老师和女儿离开了学校。走的时候她患了青光眼，几乎失去了视力，都说那是因为长期在灯下熬夜的结果。记得是一个秋天的黄昏，我在街上走，看见一辆三轮车慢慢地驶过来，车上坐着陈老师母女，母女俩其实是挤在两只旧皮箱和书堆中间。看来她们真的要回湖南老家了，我下意识地大叫了一声陈老师，然后就躲在别人家的门洞里了。我记得陈老师喊着我的名字朝我挥手，我听见她对我喊："天快黑了，快回家去吧。"我突然想起她患了眼疾看不清是我，怎么知道是我在街上叫喊？我继而想到，陈老师是根据声音分辨她的四十多个学生的，不管在哪里，不管什么时候，老师们往往能准确无误地喊出每一个学生的名字。

我以后再也没有见过陈老师，假如她还健在，现在已是古稀之年了。或许每个人都难以忘记他的启蒙老师，而在我看来，陈老师已经成为混乱年代里一盏美好的路灯，她在一个孩子混沌的心灵里投下了多少美好的光辉，陪他走上漫长多变的人生旅途。时光之箭射落岁月的枯枝败叶，有些事物却一年年呈现新绿的色泽，正如我对启蒙教师陈老师的回忆。我女儿眼看也要背起书包去上学了，每次带着她走过那所耶稣堂改建的学校时，我就告诉女儿，那是爸爸小时候上学的地方，而我的耳边依稀响起二十多年前陈老师的声音：“天快黑了，快回家去吧。”

天快黑了，快回家去吧。

九岁的病榻

我最初的生病经验产生于一张年久失修的藤条躺椅上，那是一个九岁男孩的病榻。

那年我九岁，我不知道为什么会得那种动不动就要小便的怪病，不知道小腿上为什么会长出无数红色疹块，也不知道白血球和血小板减少的后果到底有多严重。那天父亲推着自行车，我坐在自行车后座上，母亲在后面默默扶着我，一家三口离开医院时天色已近黄昏，我觉得父母的心情也像天色一样晦暗。我知道我生病了，我似乎有理由向父母要点什么，于是在一家行将打烊的糖果铺里，父亲为我买了一块做成蜜橘形状的软糖，橘子做得很逼真，更逼真的是嵌在上方的两片绿叶。我记得那是我生病后得到的第一件礼物。

生病是好玩的，生了病可以吃到以前吃不到的食物，可以受到家人更多的注意和呵护，可以自豪地向邻居小伙伴宣布："我生病了，明天我不上学！"但这只是最初的感觉，很快，生病造成的痛苦因素挤走了所有稚气的幸福感觉。

生病后端到床前的并非是美食。医生对我说："你这病忌盐，不能吃盐，千万别偷吃，有人偷吃盐结果就死了，你偷不偷吃？"我说我不会偷吃，不吃盐有什么了不起的？起初，我确实漠视了我对盐的需要。母亲从药店买回一种似盐非盐的东西放在我的菜里，有点咸味，但咸得古怪；还有一种酱油，也是红的，但红也红得古怪。我开始与这些特殊的食物打交道，没几天就对它们产生了恐惧之心，我想我假如不是生了不能吃盐的病该有多好，世界上怎么会有不能沾盐的怪病？有几次我拿了根筷子在盐罐周围徘徊犹豫，最终仍然未敢越轨，因为我记得医生的警告，我只能安慰自己，不想死就别偷吃盐。

生了病并非就是睡觉和自由。休学半年的建议是医生提出来的，我记得当时心花怒放的心情，唯恐父母对此提出异议。我父母都是信赖中医的人，他们同意让我休学，只是希望医生用中药来治愈我的病。他们当时认为西医是压病，中医才是治病。于是，后来我便有了我的那段大啖草药汁、煎破三只药锅的惨痛记忆，对于一个孩子的味蕾和胃口，那些草药无疑就像毒药。我捏着鼻子喝了几天，痛苦之中想出一个好办法：以上学为由逃避喝药。有一次，我在母亲倒药之前匆匆地提着书包窜到门外，我想，与其要喝药不如去上学，但我跑了没几步就被母亲喊住了。母亲端着药碗站在门边，她只是用一种严厉的目光望着我，我从中读到的是令人警醒的内容：“你想死？你不想死就回来给我喝药。”

于是我又回去了。一个九岁的孩子同样地恐惧死亡，现在想来，让我在九岁时就开始怕死，命运之神似乎有点太残酷了，这是对我的调侃还是救赎？我至今没有悟透。

九岁的病榻前时光变得异常滞重冗长，南方的梅雨滴滴答答下个不停，我的小便也像梅雨一样解个不停。我恨室外的雨，更恨自己出了毛病的肾脏，我恨煤炉上那只飘着苦腥味的药锅，也恨身子底下咯吱咯吱乱响的藤条躺椅，生病的感觉就这样一天坏于一天。

有一天班上的几个同学相约了一起来我家探病，我看见他们活蹦乱跳的模样，心里竟然有一种近似嫉妒的酸楚，我把他们晾在一边，跑进内室把门插上。我不是想哭，而是想把自己从自卑自怜的处境中解救出来。面对他们我突然尝受到了无以言传的痛苦，也就是在门后偷听外面同学说话的时候，我才真正意识到我是多么想念我的学校，我真正明白了生病是件很不好玩的事情。

我在病榻上辗转数月，后来我独自在家熬药喝药，凡事严守医嘱。邻居和亲戚们都说："这孩子乖。"我父母便接着说："他已经半年没沾一粒盐了。"我想他们都不明白我的想法，我的想法其实归纳起来只有两条：一是怕死，二是想返回学校和不生病的同学在一起。这是我全部的精神支柱。

半年以后我病愈回到学校，我记得是一个秋高气爽的日子，我在操场上跳绳，不知疲倦地跳，变换着各种花样跳，直到周围站了许多同学，我才收起了绳子。我的目的已经达到，我只是想告诉大家，我的病已经好了，现在我又跟你们一模一样了。

我离开了九岁的病榻，从此自以为比别人更懂得健康的意义。

狗刨式游泳

我常用的锻炼方法是游泳。游泳馆离我的住所不远也不近，骑着自行车，带着泳具到了目的地，按照游泳者条例作一次简单的沐浴，然后直奔泳池，跳下去就开始我的五百米泳程，没有商量的余地。我这样已经游了近两年了，一直觉得自己是在享受生活，但最近觉得自己游泳游得很无聊。

事情的起因是游泳池里一个家庭的出现——一对年轻夫妇带着他们的儿子来到泳池里。我游泳的时候很专注，但那个家庭发出的种种欢乐的声音使我无法忽略他们的存在。那一家三口在冬季的游泳池里显得特别引人注目，为什么？冬季的泳客一般都游得像模像样，而那一家子是统一的狗刨式！他们在游自由泳、正规蛙泳甚至蝶泳的泳客中显得很可笑，同时却是鹤立鸡群。有人用嫌厌的目光看着他们，但他们旁若无人。你关心他们的泳姿，他们却不关心你，只是亲密无间地享受着游泳池里的天伦之乐，而且那个孩子和母亲不时地发出因果不明的快乐的大笑声。

不知为什么，我冷眼相看之间却意识到那是游泳池里唯一快乐的三个人。我忽然觉得自己这么正规地游来游去很无趣、很累人，脑子里忽发奇想，想起我小时候也在家乡的护城河里狗刨过，再刨一次看看？我这么想着，就模仿那个家庭在水里刨了几下，没有想到只是刨了那么几下，我竟然为自己的动作感到羞耻，接近于当众小便的感觉。我的狗刨动作戛然而止，重新恢复了正式的自由泳。我仍然注意着那个狗刨式家庭，看他们刨得欢天喜地，顿时觉得自己的游泳不仅无聊，甚至有点像一台机器的运转那样沉闷烦人了。

就是从那天开始，我觉得我的游泳习惯其实是一个未能解决的问题：我为什么不能在游泳池里快乐地狗刨呢？我为什么要学会正规的泳姿呢？为什么我掌握了正规的泳姿以后就觉得游泳与玩水有区别呢？为什么要制造这种区别？我想我跟许多人一样钻入了公共观念的圈套，一旦追求了科学和技术，就丧失了原始和快乐，大家扯平。

或许我是碰到难题了，或许这很容易解决，有人会说："既然你游得不快乐那就别游啊。"我也这么想，可问题是我要锻炼。有人又会说了："既然是锻炼就别要求什么乐趣，鱼与熊掌你都想吃？哪有这么便宜的事！"

问题就在这里，人类把自己发展到了这个地步，鱼与熊掌不可兼得。可你想想，这两样好东西为什么就不能兼得呢？

我记得那是一个秋高气爽的日子，我在操场上跳绳，不知疲倦地跳，变换着各种花样跳，直到周围站了许多同学，我才收起了绳子。我的目的已经达到，我只是想告诉大家，我的病已经好了，现在我又跟你们一模一样了。

一个男孩坐在工厂大门口的路灯下，读一本掉了封面的纸张已经发黄发脆的小说，读了一会儿，他的脸色突然紧张起来，他的目光开始从书页中挣扎出来，左顾右盼着。

恐怖的夜晚到哪里去了

大约是二十年前的事了，是一个夏天的炎热夜晚，一个男孩坐在工厂大门口的路灯下，读一本掉了封面的纸张已经发黄发脆的小说。读了一会儿，他的脸色突然紧张起来，目光开始从书页中挣扎出来，左顾右盼着，然后他把自己的凳子移到了一堆下棋的人旁边去，坐在那里继续看那本书。可是下棋的人们并不安静，男孩就愤怒地嚷嚷起来：“你们吵什么？你们这么吵让我怎么看书？”

那个男孩就是我，我之所以记得那个夜晚，是因为那天我读着一本不知名的侦探小说，感到一种前所未有的恐惧和刺激。那天夜里我突然觉得空气中充满了犯罪或者血腥的气味，我怀疑远处的电线杆下的黑影是一个戴着手套的面目狰狞的凶手。一本书使我无边无际地胡思乱想，我不敢回家，因为家里没人，因为那天夜里我的和平安详的家也突然变得鬼影幢幢。我捧着那本书滞留在工厂门口的路灯下，直到父母回来才敢走进黑暗的家门。很久以后，我才知道那本书的名字是《霍桑探案》，作者是程小青。

如今看来被程小青的文字吓着的人大概是最胆小的人了。需要说明的是那是我第一次阅读所谓的通俗小说，就像人生中的许多第一次一样，它对我后来的阅读也产生了意想不到的影响。一本小说假如能使我无端地感到恐惧，我便觉得过瘾，我心目中好看的小说往往就有一个奇怪的标准：能不能让我恐惧。

我几乎不看言情小说，也不看武侠小说，即使是众口交赞的金庸古龙我也极少碰手，但对于那些恐怖的故事却一直情有独钟。不过，因为从事写作的原因，或者是因为年龄知识的关系，恐怖小说对我也变得刀枪不入了。有人说斯蒂芬·金如何恐怖，我拿来读竟然读不下去，哪儿也没吓着，不知道是他有问题还是我自己有问题。有时候回忆小时候听大人讲《梅花党》、《铜尺案》、《绿色的尸体》时的滋味，竟然难以追寻那样的恐惧从何而来。一切似乎只是关乎年龄和经验，大人们为什么就会忘记恐惧的滋味呢？这真是令人扫兴。

许多朋友与我一样失去了被文字吓着的功能，有时候大家聚在一起，挖空心思找乐子，最后就找到了恐惧，每个人把知道的最恐怖的事情说出来。在这样的场合里，我倒是听到了几个真正让人恐惧的故事。其中有个故事说的是“文革”年代的事，起初听上去是真的，说一个男人在一条僻静的小路上拦住另一个男人，一定要对方送他一件东西，另一个男人只好把身上的一块蓝格子手帕送给他，两个人就这样成为了朋友。故事再说下去就出事了，说送手帕的男人有一天按照接受手帕的男人的地址找到一家医院，发现那地址是太平间，他的朋友躺在尸床上，手里握着那块蓝格子手帕。

这次真把我吓了一跳。我一直尝试要写一个令人恐惧的故事，后来就把它改改补补地写出来了，写成一个短篇，名叫《樱桃》，让好多朋友看，结果却让我沮丧，谁也没被吓着。有个朋友直率地说："这故事必须讲，一写就走味了。"

我只能接受那个朋友的看法，文字或故事已经难以让冷静世故的成人感到恐惧，他们只在现实中体验这种情感，连他们自己也不知道，那些令人恐惧的夜晚到哪里去了。

自行车之歌

一条宽阔的缺乏风景的街道，除了偶尔经过的公共汽车、东风牌或解放牌卡车，小汽车非常罕见，繁忙的交通主要体现在自行车的两个轮子上。许多自行车轮子上的镀光已经剥落，露出锈迹，许多穿着灰色、蓝色和军绿色服装的人骑着自行车在街道两侧川流不息，这是一部西方电影对七十年代北京的描述——多么笨拙却又准确的描述。所有人都知道，看到自行车的海洋就看到了中国。

电影镜头遗漏的细节描写现在由我来补充。那些自行车大多是黑色的，车型为二十八吋或者二十六吋，[①]

① 编者注：吋，英寸的简写，1 吋 =0.762 寸。该字已停用，但为了作家文章中的年代感特别予以保留。

后者通常被称为女车，但女车其实也很男性化，造型与男车同样地显得憨厚而坚固。偶尔地会出现几辆红色和蓝色的跑车，它们的刹车线不是裸露垂直的钢丝，而是一种被化纤材料修饰过的交叉线，在自行车龙头前形成时髦的标志——就像如今中央电视台的台标。彩色自行车的主人往往是一些不同寻常的年轻人，家中或许有钱，或许有权。这样的自行车经过某些年轻人的面前时，有时会遇到刻意的阻拦。拦车人用意不一，有的只是出于嫉妒，故意给你制造一点麻烦；有的年轻人则很离谱，他们胁迫主人下车，然后争先恐后地跨上去，借别人的车在街道上风光了一回。

我们现在要说的是普通的黑色的随处可见的自行车，它们主要由三个品牌组成：永久、凤凰和飞鸽。飞鸽是天津自行车厂的产品，在南方一带比较少见。我们那里的普通家庭所梦想的是一辆上海产的永久或者凤凰牌自行车，已经有一辆永久的人家毫不掩饰地告诉别人，他还想搞一辆凤凰；已经有一辆男车的人家很贪心地找到在商场工作的亲戚，问能不能再弄到一辆二十六吋的女车。然而在一个物质匮乏的时代，这样的要求就像你现在去向人家借钱炒股票，只能引起对方的反感。

有些刚刚得到自行车的愣头青在街上“飙”车，为的是炫耀他的车和车技。看到这些家伙风驰电掣般地掠过狭窄的街道，泼辣的妇女们会在后面骂：“去充军啊！”骑车的听不见，他们就像如今的赛车手在环形赛道上那样享受着高速的快乐。也有骑车骑得太慢的人，同样惹人侧目。我一直忘不了一个穿旧军装的骑车的中年男人，也许是因为过于爱惜他的新车，也许是车技不好，他骑车的姿势看上去很怪，歪着身子，头部几乎要趴在自行车龙头上，他大概想不到有好多人在看他骑车。不巧的是，这个人总是在黄昏经过我们街道，孩子们都在街上无事生非。不知为什么，那个人骑车的姿势引起了孩子们一致的反感，孩子们认为他骑车姿势像一只乌龟。有一天，我们突然冲着他大叫起来：“乌龟！乌龟！”我记得他回过头向我们看了一眼，没有理睬我们。但是这样的态度并不能改变我们对这个骑车人莫名的厌恶。第二天，我们等在街头，当他准时从我们的地盘经过时，昨天的声音更响亮、更整齐地追逐着他："乌龟！乌龟！"那个无辜的人终于愤怒了，我记得他跳下了车，双目怒睁向我们跑来，大家纷纷向自己家逃散。我当然也是逃，但我跑进自家大门时向他望了一眼，正好看见他突然站住，回头张望。很明显，他对倚在墙边的自行车放心不下。我忘不了他站在街中央时的犹豫，最后他转过身跑向他的自行车。这个可怜的男人，为了保卫自行车，承受了一群孩子无端的污辱。

我父亲的那辆自行车是六十年代出产的永久牌。从我记事到八十年代离家求学，我父亲一直骑着它早出晚归。星期天的早晨，我总是能看见父亲在院子里用纱线擦拭他的自行车。现在，我以感恩的心情想起了那辆自行车，因为它曾经维系着我的生命。童年多病，许多早晨和黄昏我坐在父亲的自行车上来往于家和医院的路上。曾有一次，我父亲用自行车带着我骑了二十里路，去乡村寻找一个握有家传秘方的赤脚医生。我难以忘记这二十里路，大约有十里路是苏州城内的那种石子路、青石板路（那时候的水泥沥青路段只是在交通要道装扮市容），另外十里路就是乡村地带海浪般起伏的泥路了。我像一只小舢板一样在父亲身后颠簸，而我父亲就像一个熟悉水情的水手，尽量让自行车的航行保持着通畅。就像对自己的车技非常自信一样，他对我坐车的能力也表示了充分的信任，他说："没事，没事，你坐稳些，我们马上就到啦！"

多少中国人对父亲的自行车怀有异样的亲情，多少孩子在星期天骑上父亲的自行车偷偷地出了门，去干什么？不干什么，就是去骑车！我记得我第一次骑车在苏州城漫游的经历。我去了市中心的小广场，小广场四周有三家电影院，一家商场。我在三家电影院的橱窗前看海报，同一部样板戏，画的都是女英雄柯湘，但有的柯湘是圆脸，有的柯湘却画成了个马脸，这让我很快对电影海报的制作水平作出了判断。然后我进商场去转了一圈，空荡荡的货架没有引起我的任何兴趣。等我从商场出来，突然感到十分恐慌，巨大的恐慌感恰好就是自行车给我带来的：我发现广场空地上早已成为一片自行车的海洋，起码有几千辆自行车摆放在一起，黑压压的一片，每辆自行车看上去都像我们家的那一辆。我记住了它摆放的位置，但车辆管理员总是在擅自搬动车子，我拿着钥匙在自行车堆里走过来走过去，头脑中一片晕眩，我在惊慌中感受了当时中国自行车业的切肤之痛：设计雷同，不仅车的色泽和款式相同，甚至连车锁都是一模一样的！我找不到我的自行车了，我的钥匙能够捅进好多自行车的车锁眼里，但最后却不能把锁打开。车辆管理员在一边制止我盲目的行为，她一直在向我嚷嚷："是哪一辆？你看好了再开！"可我恰恰失去了分辨能力，这不怪我，令人不可思议的事情总是发生在自行车身上。我觉得许多半新不旧的永久牌自行车的坐垫和书包架上，都散发出我父亲和我自己身上的气息，这怎能不让我感到迷惑？

自行车的故事总与找不到自行车有关，不怪车辆管理员们，只怪自行车太多了。相信许多与我遭遇相仿的孩子都在问他们的父母："自行车那么难买，为什么外面还有那么多的自行车？"这个问题大概是容易解答的，只是答案与自行车无关。答案是：中国，人太多了。

到了七十年代末期，一种常州产的金狮牌自行车涌入了市场。人们评价说金狮自行车质量不如上海的永久和凤凰，但不管怎么说，新的自行车终于出现了。购买金狮需要购车券，打上“金狮一辆”记号的购车券同样也很难觅。我有个邻居，女儿的对象是自行车商场的，那份职业使所有的街坊邻居感兴趣，他们普遍羡慕那个姑娘的婚姻前景，并试探着打听未来女婿给未来岳父母带了什么礼物。那个将做岳父的也很坦率，当场从口袋里掏出一张盖着蓝印的纸券，说：“没带什么，就是金狮一辆！”

自行车高贵的岁月仍然在延续，不过应了一句革命格言：“排除万难，去争取胜利。”我们街上的许多人家后来品尝了自行车的胜利，至少拥有了一辆金狮，而我父亲在多年的公务员生涯中利用了一切能利用的关系，给我们家的院子推进了第三辆自行车——他不要金狮，主要是缘于对新产品天生的怀疑，他迷信永久和凤凰，情愿为此付出多倍的努力。

第三辆车是我父亲替我买的，那是一九八〇年我中学毕业的前夕，他们说假如我考不上大学，这车就给我上班用。但我考上了。我父母又说，车放在家里，等我大学毕业了，回家工作后再用。后来我大学毕业了，却没有回家乡工作。于是我父母脸上流露出一种失望的表情，说，那就只好把车托运到南京去了，反正还是给我用。

一个闷热的初秋下午，我从南京西站的货仓里找到了从苏州托运来的那辆自行车。车子的三角杠都用布条细致地包缠着，是为了避免装卸工的野蛮装卸弄坏了车子。我摸了一下轮胎，轮胎鼓鼓的，托运之前一定刚刚打了气，这么周到而细致的事情一定是我父母合作的结晶。我骑上我的第一辆自行车离开了车站的货仓，初秋的阳光洒在南京的马路上，仍然热辣辣的，我的心也是热的，因为我知道从这一天起，生活将有所改变，我有了自行车，就像听到了奔向新生活的发令枪，我必须出发了。

那辆自行车我用了五年，是一辆黑色的二十六吋的凤凰牌自行车，与我父亲的那辆永久何其相似。自行车国度的父母，总是为他们的孩子挑选一辆结实耐用的自行车，他们以为它会陪伴孩子们的大半个人生。但现实既令人感伤又使人欣喜，五年以后我的自行车被一个偷车人骑走了。我几乎是怀着一种卸却负担的轻松心情，跑到自行车商店里，挑选了一辆当时流行的十速跑车，是蓝色的，是我孩提时代无法想象的一辆漂亮的威风凛凛的自行车。

这世界变化快——包括我们的自行车，我们的人生。许多年以后我仍然喜欢骑着自行车出门，我仍然喜欢打量年轻人的如同时装般新颖美丽的自行车，有时我能从车流中发现一辆老永久或者老凤凰，它们就像老人的写满沧桑的脸，让我想起一些行将失传的自行车的故事。我曾经跟在这么一辆老凤凰后面骑了很长时间，车的主人是一个五十来岁的男人，他的身边是一个同样骑车的背书包的女孩，女孩骑的是一辆目前非常流行的捷安特，是橘红色的山地车，很明显那是父女俩。我也赶路，没有留心那父女俩一路上说了些什么，但我要告诉大家的是，两辆自行车在并驾齐驱的时候一定也在交谈，两辆自行车会说些什么呢？其实大家都能猜到，是一种非常简单的交流——

黑色的老凤凰说：“你走慢一点，想想过去！”

橘红色的捷安特却说：“你走快一点，想想未来！”

童年的一些事

童年的一些事

我们家以前住在一座化工厂的对面，化工厂的大门与我家的门几乎可以说是面面相觑的。我很小的时候因为没事可做，也不知道可以做什么，常常就站在家门口，看化工厂的工人上班，还看他们下班。

化工厂工人的工作服很奇怪，是用黑色的绸质布料做的，袖口和裤脚都被收了起来，裤子有点像习武人喜欢穿的灯笼裤，衣服也有点像灯笼服。化工厂的男男女女一进厂门就都换上那种衣服，有风的时候，他们在厂区内走动，衣服裤子全都鼓了起来，确实有点像灯笼。我至今也不知道为化工厂设计工作服的人是怎么想的，这样的工作服与当时流行的蓝色工装格格不入，也使穿这种工作服的人看上去与别的工人阶级格格不入。许多年以后，当我看见一些时髦的女性穿着宽松的黑色绸质衣裤，总是觉得她们这么穿并不时髦，像化工厂的工人。

有一个女人，是化工厂托儿所的阿姨，我还记得她的脸。那个女人每天推着一辆童车来上班，童车里坐着她自己的孩子，是个女孩，起码有七八岁了，女孩总是坐在车内向各个方向咧着嘴笑，我很奇怪她那么大了为什么还坐在童车里。有一次那母亲把童车放在传达室外面，与传达室的老头聊天，我冲过去看那个小女孩，发现女孩原来是站不起来的，她的脖子也不能随意地昂起来，我模模糊糊地知道女孩的骨头有问题，大概是软骨病什么的。我还记得她的嘴边有一摊口水，是不知不觉中流出来的。

有一个男的，是化工厂的一个单身汉，我之所以肯定他是单身汉，是因为我早晨经常看见他嘴里嚼着大饼油条，手里还拿着一只青团子之类的东西，很悠闲地从大街上拐进工厂的大门。那个男人大概我在惊慌中感受到了当时中国自行车业的切肤之痛：设计雷同，不仅车的色泽和款式，甚至连车锁都是一模一样的！我找不到我的自行车了，我的钥匙能够捅进好多自行车的车锁眼里，但最后却不能把锁打开。

我很小的时候因为没事可做，也不知道可以做什么，常常就站在家门口，看化工厂的工人上班，还看他们下班。

二十七八岁的样子，脸色很红润，我总认为那种红润与他每天的早点有直接的关系，而我每天都照例吃的是一碗泡饭，加上几块萝卜干，所以我一直羡慕那个家伙。早饭，能那么吃，吃那么多，那么好！这个吃青团子的男人一直受到我的注意，我只是关心他今天吃了什么。有一次，我在上学的路上看见他坐在点心店里，当然又是在吃。我实在想知道他在吃什么，忍不住走进去，朝他的碗里瞄了一眼，我看见了浮在碗里的两只汤圆，还有清汤里的一星油花。我可以肯定他是在吃肉汤圆，而且买了四只——我知道四只汤圆一毛四分钱，一般来说，买汤圆不是买两只就是四只、六只，买单数会多花一分钱，那是不合算的。我还记得我走出点心店以后的想法，我想，这家伙每天还吃四只汤圆，他怎么这样舍得吃？他的工资到底有多少？我想这种幸福只有一个解释，那就是他是单身汉，单身汉的钱全部可以用来买各种早点吃，想吃什么就吃什么！

我还依稀记得化工厂制造的产品是苯干，苯干好像又是用来做樟脑丸的，这一点不要介绍也能猜出来，因为我小时候每天都闻着一种类似樟脑的气味。它在我的印象中是从化工厂的大烟囱里喷出来的，这种气味不仅钻进你的鼻孔，还附着于我家或邻居晾晒在外面的衣服上。有时候我们觉得街道上的空气没有什么异样，但来自别的街区的人走过我们那条街道时会捂着鼻子说："哎呀，什么味儿？难闻死了！"这种人往往使我很反感。

我喜欢闻空气中那种樟脑丸的气味，我才不管什么污染和污染对人体的危害呢——当然这话是现在说着玩的，当时我根本不懂得什么叫空气污染，不仅是我，大人们也不懂，即使懂也不会改变什么，你不可能为了一点气味动工厂一根汗毛。大人们有时候骂化工厂讨厌，我猜那只是因为他们有人不喜欢闻樟脑味罢了。

我家隔壁的房子是化工厂的宿舍，住着两户人家。其实他们两家的门才是正对着化工厂大门的。其中一家人有两个儿子、一个女儿，两个儿子被他们严厉的父亲管教着，从来不出来玩，他们不出来玩我就到他们家去玩。一个儿子其实已是小伙子，很胖，像他母亲，另一个在我哥哥的班级里，很瘦，两个人都是很文静的样子。我不请自到地跑到他们家，他们也不撵我，但也不理我。我看见那个胖的大一点的在写什么，我问他在写什么，他告诉我，他在写西班牙语。这是真的，大概是一九七三年或者一九七四年，我有个邻居在学习西班牙语！我至今不知道那个小青工学习西班牙语是想干什么。

隔壁的房子从一开始就像是那两家人临时的住所，到我上中学的时候那两家人都搬走了。临河的房子腾出来做了化工厂的输油站，一根大油管从化工厂里一直架到我家的隔壁，化工厂的人准备把油船里的油直接接驳到工厂里。

来了一群民工，他们是来修筑那个小型输油码头的。民工们来自宜兴，其中有一个民工很喜欢跟我家人聊天，还从隔壁的石阶上跳到我家来喝水。有一天他又来了，结果不小心把杯子掉在地上，杯子碎了，那个民工很窘，他说的一句话让我始终觉得很有意思，他说："这玻璃杯就是不结实。"

输油码头修好以后我们家后门的河面上就经常停

泊着一些油船，负责输油的两个工人我以前都是见过的，当然都穿着那种奇怪的黑色工作服，静静地坐在一张长椅子上看着压力表什么的。那个男的是个秃顶，面目和善，女的我就更熟悉了，因为她是我的一个小学同学的母亲。我经常看见他们两个人坐在那里看油泵，两个人看上去关系很和睦，与两个不得不合坐的小学男生女生的关系是完全不同的。我不大关心他们，天黑以后我照例跑到后门对着河道撒尿，我不看他们，我相信他们也不看我。

那年夏天那个看油泵的女工，也就是我同学的母亲服了好多安眠药自杀了。听到这个消息我非常震惊，因为她一直是坐在我家隔壁看油泵的。我对于那个女工的自杀有许多猜测，许多稀奇古怪的猜测，但因为是猜测，就不在这里絮叨了。

回忆应该是真实而准确的，其他的都应该出现在小说里。

女裁缝

这个女裁缝有点奇怪，她是专业上门为别人做衣服的，主业是做传统的中式棉袄、棉袄罩衫，副业兼做老人的寿衣。我母亲曾经把她请到我家做衣服，做我父亲的中式驼绒棉袄，也做我外婆的寿衣。女裁缝当时大约六十多岁，头发已经斑白，梳一个油亮亮的一丝不苟的发髻，穿一种我们称之为大襟衣裳的黑袄，胸襟上别着一朵白兰花。她每天早晨挎着一只篮子来工作，我父亲卸了一扇房门做她的工作台。她坐在那里一针一线地缝纫，戴一副老花眼镜，微微张着嘴，似乎配合穿针引线的节奏。我注意到她的门牙是空的，怪不得她说话时漏风，听上去特别响亮却又特别容易引起歧义。她不是那种饶舌的老妇人，尤其工作时候很少说话，但她喜欢哼一哼小曲什么的。这个女裁缝自恃手艺高超，对伙食的要求也很高，天天要求有肉吃，这样的要求倒是成全了我的口福，她在我们家干活的那几天，我也跟着吃了好几天的红烧肉。有一次我注意到她垫在篮子底部的一本发黄的画报，抽出来一看，竟然是一本三十年代的电影画报，上面有许多陌生的矫揉造作的女明星。这本画报一看就是稀罕物，我向她索要，她把画报拿过来抖了几下，没有抖出什么有用的东西，便很大度地说，拿去好了。虽然那个女裁缝给我留下了意外的礼物，我母亲对她却没有好感，因为最后结算工钱的时候，算出一个五角钱来，女裁缝坚决不肯放弃那五角钱，让人觉得她冷酷而不近人情。

女裁缝家在昆山，不知为什么会跑到我们那里去，在什么地方租了一间房子。她经常出现在我们那条街道上，有几次我上学时看见她像个孩子似的端坐在化工厂门口，让另一个老妇人为她梳头，梳那个毫无必要的一丝不苟的髻子。她的篮子就放在长凳下面，里面是一个针线盒，一把剪刀，一把尺子，估计那是她没有针线可做的空闲的日子。

第二年女裁缝租了我们一个邻居的房子，这样也就成为了我们的邻居。每年寒暑假的时候，会有两个操昆山话的小孩来到那间出租屋里，也不跟街上的孩子玩，姐姐和弟弟关在屋里又打又闹。一个面目清癯、文质彬彬的老人手拿一张报纸，看管着两个孩子。据说，两个孩子是女裁缝的孙子孙女，老头是她的丈夫。女裁缝的生活因此引起我们广泛的兴趣，这把年纪的老人，老夫老妻天各一方的，是什么意思呢？有人这么去问女裁缝，女裁缝挥挥手说："烦死人了，我不要跟他们一起过，过两天我就把他们全赶走！"

事实上我们不知道女裁缝对亲人们的厌倦是否真切，但假期一过，女裁缝的丈夫和孙子孙女便回了昆山，剩下这个女裁缝挎着篮子又开始在我们街上游荡。也许是因为年龄偏大老眼昏花的关系，不知从哪一年开始，也不知是哪个精明的主妇发现了，女裁缝的缝纫手艺严重退化，她做的棉袄袖子会一长一短，便有妇女在她身后议论说，做的什么活，以后再也不请她了！

后来好像是没有什么人请女裁缝去家里做活了，女裁缝的身体也大不如从前，有一次我看见她出门去老虎灶打开水，步履蹒跚，一副风烛残年的样子，而且脑门上还一左一右地贴着两张红纸膏药。她打量我们街道行人的表情充满厌恶感，殊不知她自己那副模样看上去也令我们厌恶。

那年春节前夕，昆山来了人，是一个戴眼镜的中年男人和一个女干部模样的中年女人，原来是女裁缝的儿子媳妇。他们绷着个脸，把病歪歪的女裁缝和一个大蓝印花包裹塞到了一辆黄鱼车上，然后女裁缝就离开了我们那条街道，向火车站方向去了。我们看见女裁缝整个脸包在一块围巾里，只露出一双眼睛，那双眼睛不知为什么充满了愤恨，那样的眼神不知是针对她的儿子媳妇还是针对我们这些围观者的，她甚至不向人们道声再见。

人去屋空，小孩子们好奇地闯进女裁缝租住的屋子一看，看见阴暗潮湿的屋里垃圾成堆，毛主席的画像被烟气熏成了黄黑色，床底下则是满地的新近烧过的纸钱，眼尖的孩子在墙角处发现了一只紫铜香炉，发现了蜡烛台，还有两截市面上少见的红色蜡烛，你能猜到这个古怪的老妇人昨天干了什么？她在烧香，她在拜佛，她在大搞封建迷信呢！面对这样的“现场”，孩子们群情激愤，都觉得这是一件非常严重的事情，批斗她是可以的，拿她游街也未尝不可，只可惜女裁缝走运，她逃之夭夭了。

关于这个女裁缝的身世，我一直觉得有什么故事可挖。这个老妇人最后的眼神令我浮想联翩。仇恨是神秘的。有一次我曾经向母亲问起过女裁缝的事情，我母亲说，她的嘴紧，从来不说自己家的事情。但是我母亲又肯定地说，他们工厂有个昆山人认识那个女裁缝，她以前是庵堂里的尼姑！

我至今不能相信，在循规蹈矩的七十年代，在我所见过的特立独行的人中间，竟然有这么个苍老的女裁缝。说起来也怪，每当那个女裁缝的面容出现在记忆中，我总是想起二十年前暮色中的街道，有个挎篮子的老妇人在遍地夕照中独自回家，而且我总是毫无来由地想起毛主席诗词中的两句：“苍山如海，残阳如血。”

三棵树

很多年以前我喜欢在京沪铁路的路基下游荡，一列列火车准时在我的视线里出现，然后绝情地抛下我，向北方疾驰而去。午后一点钟左右，从上海开往三棵树的列车来了，我看着车窗下方的那块白色的旅程标志牌“上海——三棵树”，我看着车窗里那些陌生的处于高速运行中的乘客，心中充满嫉妒和忧伤。然后去三棵树的火车消失在铁道的尽头，我开始想象三棵树的景色：那是北方的一个小火车站，火车站前面有许多南方罕见的牲口——黑驴、白马、枣红色的大骡子。有一些围着白羊肚毛巾、脸色黝黑的北方农民蹲在地上，或坐在马车上。还有就是树了，三棵树，是挺立在原野上的三棵树。

三棵树很高很挺拔，我想象过树的绿色冠盖和褐色树干，却没有确定树的名字，所以我不知道三棵树是什么树。

树令我怅惘。我一生都在重复这种令人怅惘的生活方式：与树擦肩而过。我没有树。西双版纳的孩子有热带雨林，大兴安岭的伐木者的后代有红松和白桦，乡村里的少年有乌桕和紫槐，我没有树。我从小到大在一条狭窄局促的街道上走来走去，从来没有爬树掏鸟蛋的经历。我没有树，这怪不了城市，城市是有树的，梧桐或者杨柳一排排整齐地站在人行道两侧，可我偏偏是在一条没有人行道的小街上长大——也怪不了这条没有行道树的小街，小街上许多人家有树，一棵黄桷、两棵桑树静静地长在他们的窗前院内，可我家偏偏没有院子，只有一个巴掌大的天井，巴掌大的天井仅供观天，不容一树，所以我没有树。

我种过树。我曾经移栽了一棵苦楝的树苗，是从附近的工厂里挖来的，我把它种在一只花盆里——不是我的错误，我知道树与花草不同，花入土，树入地，可我无法把树苗栽到地上。那是我家地面的错误，天井、居室、后门石埠，不是水泥就是石板，它们欢迎我的鞋子、我的箱子、我的椅子，却拒绝接受一棵如此幼小的苦楝树苗。我只能把小树种在花盆里。那时我是一个小学生，我把一棵树带回了家。它在花盆里，但是我的树，因此成为我的牵挂，我把它安置在临河的石埠上。一棵五寸之树在我的身边成长，从春天到夏天，它没有长高，但却长出了一片片新的叶子，我知道它有多少叶子，没有一片叶子的成长能逃过我的眼睛。后来冬天来了，我感觉到树苗的不安一天天在加深，河边风大，它在风中颤索，就像一个哭泣的孩子。我以为它在向我请求着阳光和温暖，我把花盆移到了窗台上，那是我家在冬天唯一的阳光灿烂的地方。就像一次误杀亲子的戏剧性安排，紧接着我和我的树苗遭遇了一夜狂风。狂风大作的时候我在温暖的室内，在温暖的梦境中，可是我的树苗在窗台上，在凛冽的大风中。人们了解风对树的欺凌，却不会想到风是如何侮辱我和我的树苗的——它把我的树从窗台上抱起来，砸在河边石埠上，然后又把树苗从花盆里拖出来，推向河水里，将一只破碎的花盆和一抔泥土留在岸上，留给我。

这是我对树的记忆之一。一个冬天的早晨，我站在河边向河水深处张望，依稀看见我的树在水中挣扎，挣扎了一会儿，我的树开始下沉，我依稀看见它在河底寻找泥土，摇曳着，颤索着，最后它安静了。我悲伤地意识到我的树到家了，我的树没有了。我的树一直找不到土地，风就冷酷地把我的树带到了水中，或许是我的树与众不同，它只能在河水中生长。

我没有树。没有树是我的隐痛和缺憾。像许多人一样，成年以后我有过游历名山大川的经历。我见到过西双版纳绿得发黑的原始森林，我看见过兴安岭上被白雪覆盖的红松和榉树，我在湘西的国家森林公园里见到了无数以往只闻其名未见其形的珍奇树木。但那些树生长在每个人的旅途中，那不是我的树。

我的树在哪里？树不肯告诉我，我只能等待岁月来告诉我。

一九八八年对于我是一个值得纪念的年份，那年秋天我得到了自己的居所，是一栋年久失修的楼房的阁楼部分，我拿着钥匙去看房子的时候一眼就看见了楼前的两棵树，你猜是什么树？两棵果树，一棵是石榴，一棵是枇杷！秋天午后的阳光照耀着两棵树，照耀着我一生得到的最重要的礼物。伴随我多年的不安和惆怅烟消云散，这个秋天的午后，一切都有了答案，我也有了树，我一下子有了两棵树，奇妙的是，那是两棵果树！

果树对人怀着悲悯之心。石榴的表达很热烈，它的繁茂的枝叶和灿烂的花朵，以及它的重重叠叠的果实都在证明这份情怀；枇杷含蓄而深沉，它决不在意我的客人把它错当成一棵玉兰树，但它在初夏季节告诉你，它不开玉兰花，只奉献枇杷的果实。我接受了树的恩惠。现在我的窗前有了两棵树，一棵是石榴，一棵是枇杷。我感激那个种树的素未谋面的前房东。有人告诉我两棵树的年龄，说是十五岁。我想起十五年前我的那棵种在花盆里的苦楝树苗的遭遇，我相信一切并非巧合，这是命运补偿给我的两棵树，两棵更大更美好的树。我是个郁郁寡欢的人，我对世界的关注总是忧虑多于热情，怀疑多于信任。我的父母曾经告诉过我，我有多么幸运，我不相信；朋友也对我说过，我有多么幸运，我不相信；现在两棵树告诉我，我最终是个幸运的人，我相信了。

我是个幸运的人。两棵树弥合了我与整个世界的裂痕。尤其是那棵石榴，春夏之季的早晨，我打开窗子，石榴的树叶和火红的花朵扑面而来，柔韧修长的树枝毫不掩饰它登堂入室的欲望。如果我一直向它打开窗子，不消三天，我相信那棵石榴会在我的床边、在我的书桌上驻扎下来，与我彻夜长谈。热情似火的石榴呀，它会对我说："我是你的树，是你的树！"

树把鸟也带来了，鸟在我的窗台上留下了灰白色的粪便。树上的果子把过路的孩子引来了，孩子们爬到树上摘果子，树叶便沙沙地响起来，我及时地出现在窗边，喝令孩子们离开我的树，孩子们吵吵嚷嚷地离开了，地上留下了幼小的没有成熟的石榴。我看见石榴树整理着它的枝条和叶子，若无其事，树的表情提醒我那不是一次伤害，而是一次意外，树的表情提醒我树的奉献是无边无际的，它不仅是我的树，也是

现在我的窗前没有树。我仍然没有树。树让我迷惑，我的树到底在哪里？我有过一棵石榴，一棵枇杷，我一直觉得我应该有三棵树，就像多年以前我心目中最遥远的火车站的名字，是三棵树，那还有一棵在哪里呢？

七十年代我们街上有一家卤菜店，是国营的，两个营业员，一个是即将光荣退休的小堂的奶奶，一个却是刚刚分配了工作的高峰。

过路的孩子的树！

整整七年，我在一座旧楼的阁楼上与树同眠，我与两棵树的相互注视渐渐变成单方面的凝视，是两棵树对我的凝视。我有了树，便悄悄地忽略了树。树的胸怀永远宽容和悲悯，树不作任何背叛的决定，在长达七年的凝视下，两棵树摸清了我的所有底细，包括我的隐私，但树不说，别人便不知道。树只是凝视着我，七年的时光作一次补偿是足够的了。窗外的两棵树后来有点疲惫了，我没有看出来，一场春雨轻易地把满树石榴花打落在地，我出门回家踩在石榴的花瓣上，对石榴的离情别意毫无察觉。我不知道，我的两棵树将结束它们的这次使命，七年过后，两棵树仍将离我而去。

城市建设的蓝图埋葬了许多人过去的居所，也埋葬了许多人的树。一九九五年的夏天，推土机将一个名叫上乘庵的地方夷为平地，我的阁楼，我的石榴树和我的枇杷树消失在残垣瓦砾之中。拆房的工人本来可以保留我的两棵树，至少保留一些日子，但我不能如此要求他们，我最终知道两棵树必将消失。七年一梦，那棵石榴，那棵枇杷，它们原来并不是我的树。

现在我的窗前没有树。我仍然没有树。树让我迷惑，我的树到底在哪里？我有过一棵石榴，一棵枇杷，我一直觉得我应该有三棵树，就像多年以前我心目中最遥远的火车站的名字是“三棵树”，那还有一棵在哪里呢？我问我自己，然后我听见了回应，回应来自童年旧居旁的河水，我听见多年以前被狂风带走的苦楝树苗向我挥手示意：“我在这里，我在水里！”

金鱼热

一个东南亚的国王到我们那个城市去游览了三天，走的时候带走了一缸金鱼中的极品，这是七十年代的事。我在街头听人议论这个国王，还有那些金鱼。我没有记住那些金鱼的名称，但是我记得很清楚的是，赠送金鱼给国王的是一个普通的市民，有人认识他，说他人很笨，就是养鱼养出了名堂。大家议论的不仅是国王和金鱼，还有那个市民的光荣。

金鱼热随后悄悄地在我们城市兴起。

我突然发现城市里有那么多人养金鱼，我却一条也没有，这使我闷闷不乐。那是一个容易失去却难以拥有的年代，没有地方出售金鱼，就像没有地方出售鲜花一样。我总是在一个邻居家的鱼池边用攫取的目光亲近那些美丽的鱼类，无法拥有渴望的东西是孩子们最大的心事，连我的家人也渐渐知道了我的心事。我姐姐一定不止一次地告诉别人，她弟弟一直想要几条金鱼！我母亲则告诉她在工厂的同事，她儿子想要金鱼想疯了！

我头一次得到金鱼的狂喜只持续了短短的五天。是我姐姐带回了那四条品相优美的“五彩珍珠”。我记得那四条金鱼红色脊背上洒满银色的斑点，有邻居孩子告诉我，“五彩珍珠”是很好的品种。我记得那四条红色的脊背上洒满银色斑点的金鱼，记得这些金鱼带给我的五天的喜悦。那五天里我出没在养鱼人出没的水塘和护城河边，我拼命打捞鱼虫，为金鱼囤积食粮，我不知道我的金鱼因饱食过度濒临死亡的边缘。

我一直记得我拥有“五彩珍珠”的准确时间，是短短的五天。第五天下午我放学回家，看见的是四条翻了肚子的金鱼。我至今羞于提及我当时的表现，在一场惊天动地的痛哭声中，我忘了追寻金鱼的死因。

我从未见过死去的金鱼，死去的金鱼是如此丑陋，从美丽到丑陋，仿佛是一个狡诈的骗局。我觉得自己受到了嘲弄，不仅失去，同时也受到了伤害。我的痛苦一定使我父母感到震惊了，我记得我母亲一反平时不许诺的习惯，告诉我一定帮我找到新的金鱼。

后来我母亲就把那条歪尾巴的小金鱼带回了家，它当时混在几条稍大的被人们称为“丹玉”的金鱼中，显得那么卑琐而低贱。所有的金鱼都还没有变色，而“歪尾巴”只有半指大小，黑乎乎的，甚至看不出它是什么品种。它太特殊了，尤其是那条歪尾巴，它与金鱼之美背道而驰，我以一种嫌厌的心情给它取了这个名字：歪尾巴。

我的养鱼生涯到了后来是三心二意的，不是因为金鱼不再可爱，而是因为随着青春期的到来，我有了其他更大的心事。金鱼热在城市里渐渐退潮，我的那批“丹玉”在几个月中纷纷离我而去。可是我注意到歪尾巴的生命力，它在我的鱼缸里越来越显示出一种主人翁的姿态，在孤独和饥饿中成长着，身子悄然泛出了红色，而它额头上方越长越大的眼睛正用矜持的态度告诉我：我不是歪尾巴，我是一条“朝天龙”！

我要说的就是这条歪尾巴的“朝天龙”。在所有美丽的金鱼逃离我的鱼缸后，在我对金鱼渐渐地失去兴趣之后，它一直伴随了我四年时光。四年之后我已经远离家乡，在北京的学府里寒窗苦读，那些日子里我从来没有想起过我的歪尾巴金鱼。有一天我收到我姐姐的来信，信中提到了我的最后一条金鱼，她说歪尾巴死了。她总结的歪尾巴的死因是一把梳子，她梳头时不小心将梳子掉进了鱼缸，梳子与金鱼一起待了一会儿，梳子没事，金鱼却死了。

我承认是歪尾巴金鱼的死让我重新回顾了我短暂的养鱼生涯。我最终对这些小生命充满了歉意，一切都是命定的，就像我对金鱼的饲养注定不能修得正果，我不能将极品金鱼奉献给任何国王，我的歪尾巴金鱼甚至不能奉献给我自己。这是一条世界上最倔强的金鱼，它最终背叛了应该背叛的人，将自己奉献给了一把梳子。

船

到常熟去的客船每天早晨经过我家窗外的河道。那些是轮船公司的船，船只用蓝色和白色的油漆分成两个部分，客舱的白色和船体的蓝色泾渭分明，使那条船显得气宇轩昂。每天从河道里经过无数的船，我最喜欢的就是去常熟的客船。我曾经在美术本上画过那艘轮船，美术老师看见那份美术作业，很吃惊，说：“没想到你画船能画得这么好。”

孩提时代的一切都是易于解释的，孩子们的涂鸦往往在无意中表露了他的挚爱，而我对船舶的喜爱甚至一直延续到了今天。

我记忆中的苏州内河水道是洁净而明亮的，六七十年代经济迟滞不动，我家乡的河水却每天都在流动，流动的河水中经过了无数驶向常熟、太仓或昆山的船。最常见的是运货的驳船队，七八条驳船拴接在一起，被一条火轮牵引着，突突地向前行驶。我能清晰地看见火轮上正在下棋的两个工人，看见后面的驳船上的一对对夫妇和他们的孩子。让我特别关注的就是驳船上的那一个个家，一个个年龄与我相仿的孩子，这种处于漂泊和行进中的生活在我眼里是一种神秘的诱惑。

我热衷于对船的观察或许隐藏了一个难以表露的动机，这与母亲的一句随意的玩笑有关。我不记得那时候我有多大，也不知道母亲是在何种情况下说了这句话，她说：“你不是我生的，你是从船上抱来的。”这是母亲们与子女间常开的漫无目的的玩笑，当你长大成人后你知道那是玩笑，母亲只是想在玩笑之后看看你的惊恐的表情，但我当时还小，我还不能分辨这种复杂的玩笑。我因此记住了我的另一种来历，尽管那只是一种可能。我也许是船上人家的孩子，我真正的家也许在船上！

我不能告诉别人我对船的兴趣有自我探险的成分，有时候我伏在临河的窗前，目送一条条船从我眼前经过，我很注意看船户们的脸，心里想：会不会是这家呢？会不会是那家呢？怀着隐秘打量世界总是很痛苦的。在河道相对清净的时候，我常常看见一条在河里捞砖头的小船，船上是母女俩，那个母亲出奇地瘦小，一条腿是残疾的，她的女儿虽然健壮高挑，但脸上布满了雀斑，模样很难看。这种时候我几乎感到一种恐怖，心想：我万一是这家人的孩子怎么办？也是在这种时候我才安慰自己：这是不可能的事，这是胡思乱想，有关我与船的事情都是骗人的谎话。

我上小学时一个真正的船户的孩子来到了隔壁我舅舅家。我舅舅家只有女孩没有男孩，那男孩的父母就通过几道人情关系把儿子送到了我舅舅家。那是一个老实而显得木讷的男孩，脖子上戴着船户子弟常戴的银项圈。我对那男孩的船户背景有一种狂热的兴趣，我一边嘲笑他脖子上的项圈，一边还向他提出各种问题，问他为什么不呆在船上，跟他父母在一起。我问他：“难道在船上不如在我舅舅家好玩吗？”那个男孩只是回答我，他要在街上上学。他不愿意跟我谈话，似乎也不愿意跟我做朋友，这使我觉得有点颓丧。有一天，我听见窗外的河道响起一片嘈杂声，跑出去一看，一条大木船向我舅舅家的石埠前慢慢靠拢，船上的那对夫妇忙着要靠岸，而一个小男孩站在船头拼命地向岸上挥手，嘴里大叫着：“哥哥，哥哥，哥哥！”我随后就看见我舅妈拉着那男孩站在石埠上，我知道这就是那男孩家的船，船上的男女是他的父母，那个大叫大嚷的小男孩是他的弟弟。我几乎是怀着一种嫉妒的心情看着眼前这一幕，但我发现那男孩一点也不高兴，他仍然哭丧着个脸，面对着满脸喜色的家人。我觉得他不知好歹，他母亲眉眼周正，他父亲英俊魁梧，他的家在一条船上，可他还哭丧着个脸！

那船户的儿子在我舅舅家住了一个学期后就被他祖父接走了。奇怪的是，他一走我对自己身世的想象也停止了。或许是我长大了，或者是一个真实的船户的儿子清洗了我内心对船的幻想。至此，船在河道上行驶时，我成了一个旁观者。我仍然对船展开着与年龄有关的想象，但那几乎是一种对航行和漂泊的想象了。在寂静的深夜或者清晨，我有时候被窗外的橹声惊醒，有的船户是喜欢大声说话的，一个大声地问："船到哪里去？"另一个会大声地答："到常熟去。"我就在被窝里想，常熟太近了，你们的船要是能进入长江，一直驶到南京、武汉，一直驶到山城重庆就好了。

我初中毕业报考过南京的海员学校，没有考上，这就注定了我与船舶和航行无缘的命运。我现在彻底相信我与船并没有什么特殊的关系，在我唯一的一次海上旅途中，我像那些恐惧航行的人一样大吐不止，但我仍然坚信船舶是世界上最抒情最美好的交通工具。假如我仍然住在临河的房屋里，假如我有个儿子，我会像我母亲一样向他重复同样的谎言："你是从船上抱来的，你的家在一条船上。"

关于船的谎言也是美好的。

雨和瓦

二十年前的雨听起来与现在有所不同。雨点落在更早以前出产的青瓦上，室内的人便听见一种清脆的铃铛般的敲击声。毫不矫饰地说，青瓦上的雨声确实像音乐，只是隐身的乐手天生性情乖张、喜怒无常，它突然地失去了耐心，雨声像鞭炮一样当空炸响。你怀疑如此狂暴的雨是否怀着满腔恶意，然后忽然地它又倦怠了，撒手不干了，于是我们只能听见郁积在屋檐上的雨水听凭惯性滴落在窗前门外，小心翼翼的，怀着一种负疚的感觉。这时候沉寂的街道开始苏醒，穿雨衣或打伞的人踩着雨的尾巴，走在回家的路上。

有个什么声音在那里欢呼起来："雨停啦！回家啦！"

智利诗人聂鲁达是个爱雨的人，他说："雨是一种敏感、恐怖的力量。"他对雨的观察和总结让我感到惘然。是什么东西使雨敏感？又是什么东西使雨变得恐怖？我对这个无意义的问题充满了兴趣。请想象一场大雨将所有行人赶到了屋檐下，请想象人们来到室内，再大的雨点也不能淋湿你的衣服和文件。那么，是什么替代我们去体会雨的敏感和恐怖呢？

二十年前，我住在一座简陋的南方民居中。我不满意于房屋格局与材料的乏味。我对我家的房屋充满了一种不屑。但是有一年夏天，我爬上河对面水泥厂的仓库屋顶，准备练习跳水的时候，头一次注意到了我家屋顶上的那一片蓝黑色的小瓦，它们就像鱼鳞那样整齐地排列着，显出一种出人意料的壮美。对于我来说，那是一次奇特的记忆，奇特的还有那天的天气，一场暴雨突然来临，几个练习跳水的男孩干脆冒雨留在高高的仓库顶上，看着雨点急促地从天空中泻落，冲刷着对岸热腾腾的街道和房屋，冲刷着我们自己的身体。

那是我唯一一次在雨中看见我家的屋顶，暴雨落在青瓦上，溅出的不是水花，是一种灰白色的雾气。然后雨势变得小一些了，雾气就散了，那些瓦片露出了它简洁而流畅的线条。我注意到雨水与瓦的较量在一种高亢的节奏中进行，无法分辨谁是受伤害的一方。肉眼看见的现实是雨洗涤了瓦上的灰土，因为那些陈年的旧瓦突然焕发出崭新的神采，在接受了这场突如其来的雨水冲洗后，它们开始闪闪发亮，而屋檐上的瓦楞草也重新恢复了植物应有的绿色。我第一次仔细观察了雨水在屋顶上制作音乐的过程，并且有了一个新的发现：不是雨制造了音乐，是那些瓦对于雨水的反弹创造了音乐。

说起来是那么奇怪，我从此认为雨的声音就是瓦的声音，无疑这是一种非常唯心的认识，这种认识与自然知识已经失去了关联，只是与某个记忆有关。记忆赋予人的只是记忆。我记得我二十年前的家，除了上面说到的雨中的屋顶，还有我们家洞开的窗户，远远地，隔着茫茫的雨帘，我从窗内看见了母亲，她在家里，正伏在缝纫机上赶制我和我哥哥的衬衣。

现在我不记得那件衬衣的去向了，我母亲也早已去世多年。但是二十年前的一场暴雨使我对雨水情有独钟。假如有铺满青瓦的屋顶，我不认为雨是恐怖的事物；假如你母亲曾经在雨声中为你缝制新衬衣，我不认为你会有一颗孤独的心。

这就是我对于雨的认识。

这也是我对于瓦的认识。

城北的桥

苏州城自古有六城门之说，城市北端的齐门据说不在此范围之中，但我却是齐门人氏，准确地说，我应该是苏州齐门外人氏。

我从小生长的那条街道在齐门吊桥以北，从吊桥上下来，沿着一条狭窄的房屋密集的街道朝北走，会走过我的家门口，再走下去一里地，城市突然消失，你会看见郊区的乡野景色，菜地、稻田、草垛、池塘和池塘里农民放养的鸭群，所以我从小生长的地方其实是城市的边缘。

即使是城市的边缘，齐门外的这条街道依然是十我突然发现城市里有那么多人养金鱼，我却一条也没有，这使我闷闷不乐。那是一个容易失去却难以拥有的年代，没有地方出售金鱼，就像没有地方出售鲜花一样。

那是一次奇特的记忆，奇特的还有那天的天气，一场暴雨突然来临，几个练习跳水的男孩干脆冒雨留在高高的仓库顶上，看着雨点急促地从天空中泻落，冲刷着对岸热腾腾的街道和房屋，冲刷着我们自己的身体。

足的南方风味，多年来我体验这条街道也就体验到了南方，我回忆这条街道也就回忆了南方。

齐门的吊桥从前真的是一座可以悬吊的木桥，它曾经是古人用于战争防御的武器。请设想一下，假如围绕苏州城的所有吊桥在深夜一起悬吊起来，护城河就真正地把这个城市与外界隔绝开来，也就把所有生活在城门以外的苏州人隔绝开来了，所幸我没有生活在那个年代，事实上在我很小的时候齐门吊桥已经改建成一座中等规模的水泥大桥了。

但是齐门附近的居民多年来仍然习惯把护城河上的水泥桥叫作吊桥。从吊桥上下来，沿着一条碎石铺成的街道朝北走，你还会看见另外两座桥，首先看见的当然是南马路桥，再走下去就可以看见北马路桥了。关于两座桥的名称是我沿用了齐门外人们的普遍说法，我不知道它们是否有更文雅、更正规的名称，但我只想一如既往地谈论这两座桥。

两座桥都是南方常见的石拱桥，横卧于同一条河汊上，多年来它们像一对姐妹遥遥相望。它们确实像一对姐妹，都是单孔桥，桥孔下可容两船共渡，桥堍两侧都有伸向河水的石阶，河边人家常常在那些石阶上洗衣浣纱，桥堍下的石阶也是街上男孩们戏水玩耍的去处。站在那儿将头伸向桥孔内壁观望，可以发现一块石碑上刻着建桥的时间，我记得北马路桥下的石碑刻的是“清代道光年间”，南马路桥的历史也许与其相仿吧。它们本来就是一对形神相随的姐妹桥。

人站在南马路上遥望北马路桥却是困难的，因为你的视线恰恰被横卧两桥之间的另一座庞然大物所阻隔。那是一座钢灰色的直线型铁路桥，著名的京沪铁路穿越苏州城北端，穿越齐门外的这条街道和傍街而流的河汊，于是出现了这座铁路桥，于是我所描述的两座桥就被割开了。我想那应该是六十年以前的事了，也许修建铁路桥的是西方的洋人，也许那座直线型的钢铁大桥使人们感到陌生或崇拜，直到现在，我们那条街上的人们仍然把那座铁路桥称作洋桥，或者就称铁路洋桥。

铁路洋桥横亘在齐门外的这条街道上，齐门外的人们几乎每天都从铁路洋桥下面来来往往，火车经常从你的头顶轰鸣而过，溅下水汽、煤屑和莫名其妙的瓜皮果壳。

被阻隔的两座石拱桥依然在河上遥遥相望，现在让我来继续描述这两座古老的桥吧。

南马路桥的西侧被称为下塘，下塘的居民房屋夹着条更狭窄的小街，它与南马路桥形成丁字走向，下塘没有店铺，所以下塘的居民每天都要走过南马路桥，到桥这侧的街上买菜办货。下塘的居民习惯把桥这侧的街道称为街，似乎他家门口的街就不是街了，下塘的妇女在南马路桥相互打招呼，一个会说："街上有新鲜猪肉吗？"另一个则说："街上什么也没有了。"

南马路桥的东侧也就是齐门外的这条街了，桥堍周围有一家糖果店、一家煤球店、一家肉店，还有一家老字号的药铺，有一个类似集市的蔬菜市场出现在每天早晨和黄昏，近郊的菜农挑来新摘的蔬菜沿街一字摆开，这种时候桥边很热闹，也往往造成道路堵塞，使一些急于行路的骑车人心情烦躁而怨言相加。假如你有心想听听苏州人怎么斗嘴吵架，桥边的集市是一个很好的地点。而且南马路桥附近的妇女相比北马路桥的妇女似乎刁蛮泼辣了许多，这个现象无从解释。

在我的印象中，南马路桥那里是一个嘈杂的惹事生非的地方。

也许我家离北马路桥更近一些，我也就更喜欢这座北马路桥。我所就读的中学就在北马路桥斜对面不远的地方，每天都要从桥下走过，有时候去母亲的工厂吃午饭或者洗澡，就要背着书包爬过桥，数一数台阶，一共十一级，当然总是十一级。爬过桥就是那条洁净而短促的横街了，横街与北马路桥相向而行，与齐门外的大街却是垂着的或者说是横着的，所以它就叫横街。我不知道为什么从小就喜欢这条横街，或许是因为它街面洁净、房屋整齐，或许因为我母亲每天都从这里走过去工厂上班，或许只是因为横街与齐门外的这条大街相反而成。它真的是一条横着的街。

北马路桥边是一家茶馆，两层的木楼，三面长窗中一面对着河水，一面对着桥，一面对着大街。记忆中茶馆里总是一片湿润的水汽和甘甜的芳香，茶客多为街上和附近郊区的老人，围坐在一张张破旧的长桌前，五六个人共喝一壶绿茶，谈天说地或者无言而坐，偶尔有人在里面唱一些弹词开篇，大概是几个唱评弹的票友。茶馆烧水用的是老虎灶，灶前堆满了砻糠。烧水的老女人是我母亲的熟人，我母亲告诉我她就是茶馆从前的老板娘，现在不是了，现在茶馆是公家的了。

北马路桥边的茶馆被许多人认为是南方典型的风景，曾经有几家电影厂在这里摄下这种风景，但是摄影师也许不知道桥边茶馆已经不复存在了，前年的一场大火把茶馆烧成一片废墟。那是炎夏七月之夜，齐门外的许多居民都在河的两岸目睹了这场大火，据说火因是老虎灶里的砻糠灰没有熄灭，而且渗到了灶外，人们赶来只能眼睁睁地看着大火烧掉桥边茶馆，当然，茶馆边的石桥却完好无损。

现在你从北马路桥上走下来，桥堍左侧的空地就是茶馆遗址，现在那里变成了一些商贩卖鱼卖水果的地方。

苏州城北是一个很小的地域，城北的齐门外的大街则是一个弹丸之地，但是我想告诉人们那里竟然有四座桥，按照齐门外人氏的说法，从南至北数去，它们依次为吊桥、南马路桥、铁路洋桥、北马路桥，冷静地想这些名字既普通又有点奇怪，是吗？我之所以简略了对铁路洋桥的描述，是因为它在我童年的记忆中充满了血腥和死亡的气息，我在铁路洋桥看见过七八名死者的尸体，而在吊桥上，在南马路桥和北马路桥上，我从来没看见过死者。

夏天的一条街道

夏天的一条街道

街上水果店的柜台是比较特别的，它们做成一个斜面，用木条隔成几个大小相同的框子，一些瘦小的桃子、一些青绿色的酸苹果躺在里面，就像躺在荒凉的山坡上。水果店的女店员是一个和善的长相清秀的年轻姑娘，她总是安静地守着她的岗位，但是谁会因为她人好就跑到水果店去买那些难以入口的水果呢？人们因此习惯性地忽略了水果在夏季里的意义，他们经过寂寞的水果店和寂寞的女店员，去的是桥边的糖果店。糖果店的三个中年妇女一年四季在柜台后面吵吵嚷嚷的，对人的态度也很蛮横，其中一个妇女的眉角上有一个难看的刀疤，孩子走进去时她用沙哑的声音问：“买什么？”那个刀疤就也张大了嘴问：“买什么？”但即使这样，糖果店在夏天仍然是孩子们热爱的地方。

糖果店的冷饮柜已经使用多年，每到夏季它就发出隆隆的欢叫声。一块黑板放在冷饮柜上，上面写着冷饮品种和价格：赤豆棒冰四分，奶油棒冰五分，冰砖一角，汽水（不连瓶）八分。女店员在夏季一次次怒气冲冲地打开冷饮机的盖子，掀掉一块棉垫子，孩子就伸出脑袋去看棉垫子下面排放得整整齐齐的冷饮。他会看见赤豆棒冰已经寥寥无几，奶油棒冰和冰砖却剩下很多，它们令人艳羡地躲避着炎热，呆在冰冷的雾气里。孩子也能理解这种现象，并不是奶油棒冰和冰砖不受欢迎，主要是它们的价格贵了几分钱。孩子小心地揭开棒冰纸的一角，看棒冰的赤豆是否很多，挨了女店员一通训斥，她说：“看什么看？都是机器做出来的，谁还存心欺负你？一天到晚就知道吃棒冰，吃棒冰，吃得肚子都结冰！”

孩子嘴里吮着一根棒冰，手里拿着一个饭盒，在炎热的午后的街道上拼命奔跑。饭盒里的棒冰哐哐地撞击着，毒辣的阳光威胁着棒冰脆弱的生命，所以孩子知道要尽快地跑回家，好让家里人享受到一种完整的冰冷的快乐。

最炎热的日子里，整个街道的麻石路面蒸腾着热气。人在街上走，感觉到塑料凉鞋下面的路快要燃烧了，手碰到路边的房屋墙壁，墙也是热的。人在街上走，怀疑世上的人们都被热晕了，灼热的空气中有一种类似喘息的声音，若有若无的，飘荡在耳边。饶舌的、嗓音洪亮的、无事生非的居民们都闭上了嘴巴，他们躺在竹躺椅上与炎热斗争，因为炎热而忘了文明礼貌，一味地追求通风。他们四仰八叉地躺在面向大街的门边，张着大嘴巴打着时断时续的呼噜，手里的扇子掉在地上也不知道，田径裤的裤腿那么肥大，暴露了男人的机密也不知道。有线广播一如既往地开着，说评弹的艺人字正腔圆，又说到了武松醉打蒋门神的精彩部分，可他们仍然呼呼地睡，把人家的好心当了驴肝肺。

下午三点钟，阳光发生了可喜的变化，阳光从全线出击变为区域防守，街上的房屋乘机利用自己的高度制造了一条“三八线”。“三八线”渐渐地游移，线的一侧是热和光明，另一侧是凉快和幽暗，行人都非常势利地走在幽暗的阴凉处。这使人想起正在电影院里上映的朝鲜电影《金姬和银姬的命运》，那些人为银姬在“三八线”那侧的悲惨命运哭得涕泗横流，可在夏天他们却选择没有阳光的路线，情愿躲在银姬的黑暗中。

太阳落山在夏季是那么艰难，但它毕竟是要落山的。放暑假的孩子关注太阳的动静，只是为了不失时机地早早跳到护城河里，享受夏季赐予的最大的快乐。黄昏时分驶过河面的各类船只小心谨慎，因为在这种时候，整个城市的码头、房顶、窗户和门洞里，都有可能有个男孩大叫一声，纵身跳进河水中。他们甚至要小心河面上漂浮的那些西瓜皮，因为有的西瓜皮是在河中游泳的孩子的泳帽，那些讨厌的孩子，他们头顶着半个西瓜皮，去抓来往船只的锚链。他们玩水还很爱惜力气，他们要求船家把他们带到河的上游或者下游去。于是站在石埠上洗涮的母亲看到了他们最担心的情景：他们的孩子手抓船锚，跟着驳船在河面上乘风破浪，一会儿就看不见了，母亲们喊破了嗓了，又有什么用？

夜晚来临，人们把街道当成了露天的食堂，许多人家把晚餐的桌子搬到了街边，大人孩子坐在街上，嘴里塞满了食物，看着晚归的人们骑着自行车从自己身边经过。你当街吃饭，必然便宜了一些好管闲事的老妇人，有一些老妇人最喜欢观察别人家今天吃了什么。老妇人手摇一把葵扇，在街上的饭桌间走走停停，她觉得每一张饭桌都生意盎然。“吃点什么啊？”她问。主妇就说：“没有什么好吃的，咸鱼，炒萝卜干。”老妇人就说：“还没什么好吃的呢，咸鱼不好吃？”

天色渐渐地黑了，街上的居民们几乎都在街上。有的人家切开了西瓜，一家人的脑袋围拢在一只破脸盆上方，大家有秩序地向脸盆里吐出瓜籽。有的人家的饭桌迟迟不撤，因为孩子还没回来；后来孩子就回来了，身上湿漉漉的。恼怒的父亲问儿子：“去哪儿了？”孩子不耐烦地说：“游泳啊，你不是知道的吗？”父亲就瞪着儿子处在发育中的身体，说：“吊船吊到哪儿去了？”儿子说：“里口。”父亲的眼珠子愤怒得快暴出来了：“让你不要吊船你又吊船，你找死啊？”就这样，当父亲的在街上赏了儿子一记响亮的耳光，左右邻居自然地围过来了。一些声音很愤怒，一些声音不知所云，一些声音语重心长，一些声音带着哀怨的哭腔，它们不可避免地交织起来，喧嚣起来，即使很远的地方也能听见这样丰富浑厚的声音。于是有人向这边匆匆跑来，有人手里还端着饭碗，他们这样跑着，炎热的夏季便在夜晚找到了它的生机。

吃客

此人照理说是到了德高望重的年纪了，头发已经白得像腊月里的雪，一根黑的也看不见，奇怪的是他的气色很好，他的皮肤不老，其红润与细腻堪比初生的婴儿。他的眼神也不见一丝浑浊，老年人中常见的迎风泪、眼睑毛脱落、眼屎过多的毛病他都没有，他的眼睛在饱览了七十年风霜之后竟然清澈如水，像一个不谙世事的少年，何以如此？有什么灵丹妙药吗？老人说："有，吃，吃呀，吃出来的。"大家并不怎么尊敬他，街上老老少少的人都叫他"小二宝"，很明显这是一个乳名，哪里听说一个老人被满街的小孩唤作小三宝的？可这样离谱的事情就发生在小三宝身上，他的孙子那会儿刚刚学会说话，也咿咿呀呀地对他祖父说：“小——三——宝——抱——抱。”

小三宝对抱孙子之类的事情不感兴趣，他对吃感兴趣。他站在家门口与人聊天的内容大多与吃有关，他批评肉铺里卖的冰冻猪肉要不就是皮太厚，要不就是没有皮，总是不好吃，炒肉丝怎么炒都嫌老，烧红烧肉吧，怎么烧吃起来都不香。人家说：“那也没办法呀，猪肉这么紧张，有冷冻肉吃就算不错了。”小三宝站在那里神秘地摇头，微笑着说：“有地方买新鲜的农家猪的，你们不知道罢了。”人家自然就追问哪个地方，这时候小三宝便打岔了，你想打听的他不透露，他把话岔到竹笋上去了，他说：“码头那里有宜兴过来的船，卖竹笋，那笋很嫩，炖腌笃鲜不错的。”

大家现在应该看出来了，一个本该德高望重的人被人唤成小三宝，总是有它的道理的。

小三宝的妻子是个节俭的善于持家的老妇人，虽说是近墨者黑，她也特别喜欢翻看女邻居的菜篮子，告诉别人该吃什么不该吃什么，但她对吃的兴趣基本上是过日子人的态度。她一直不赞成丈夫这个吃法，不是反对美食，是反对他为了吃花了好多本该储蓄的钱，谁都知道，小三宝虽然家底殷实，但他有五个儿子，其中三个儿子都没成家，算算看，要花多少钱？

“你嘴上省一点是一点，小四小五明年都要结婚了呀！这一大把年纪的人，怎么就不懂事呢？”老妇人经常像教训孩子一样教训小三宝，这时候小三宝清澈的眼睛里掠过一丝迷惘，很快他就想明白了，说：“毛主席说的，自力更生，让他们自力更生嘛。”

小三宝在吃的问题上执迷不悟，早晨他往市中心去，对老妇人说他去大公园打太极拳，其实太极拳是个幌子，小三宝天天去老字号的黄天源吃早点。有一次让一个邻居撞见了，他看见小三宝面前放着一碗鸡丝馄饨，一只炒肉团子，还有一块白糖玫瑰方糕，小三宝当时不免有点慌张，一手擦着嘴角上的油，对邻居说：“回去千万别告诉我们家老太婆。”

邻居确实是替他保密的，不幸的是经济账最终是由储蓄金额和抽屉里的现金反映的。这年国庆前夕小三宝的四儿子和五儿子中的一人打了小三宝一个耳光，他们甚至要小心河面上漂浮的那些西瓜皮，因为有的西瓜皮是在河中游泳的孩子的泳帽，那些讨厌的孩子，他们头顶着半个西瓜皮，去抓来往船只的锚链。他们玩水还很爱惜力气，他们要求船家把他们带到河的上游或者下游去。

我讨厌坐在第一排，第一排给人以某种弱小可怜的感觉；我更讨厌与那个女孩同桌，因为她邋遢而呆板，别的女孩都穿着花裙子，打扮得漂漂亮亮，唯独她穿着打了补丁的蓝裤子，而且她的脸上布满鼻涕的痕迹。

大家一定猜到为什么了。小三宝捂着脸跑到邻居家，泪流满面，邻居也听见了这个家里的战争之声，不知道怎么安慰小三宝好，后来就听见小三宝自己在安慰自己，他说：“这个年头，如果吃点好的都吃不成，活着还有什么意思呢？”

螺蛳

洪家嫂嫂嫁到我们街上来的时候人很瘦，扎着两根辫子，辫子也不粗，看上去有一点营养不良的样子。她男人洪三则是敦敦实实的，长期的翻砂工生涯使他的肌肉非常发达，虎背熊腰的，偏偏又怕热，夏天的时候穿汗衫也要把袖子卷到肩上去，穿裤子一定要把裤腿卷到膝盖处，那种体魄往好听处说是健美，可我们香椿树街的人说话哪里会往好听处说，他们把体魄特别强壮的人称作“杀胚”。洪三和洪家嫂嫂刚刚结婚那一阵，厂里的人、街上的人总要和他开一些类似的不正经的玩笑：“你这杀胚样子，不要把人家压坏了！”

洪家嫂嫂总是在炉子前忙，忙得锅里沙啦啦地响着，锅里有什么好东西？不是什么好东西，是螺蛳，不曾料到有这么爱吃螺蛳的人，三天两头地炒螺蛳吃，洪家嫂嫂嘴巴吃得累了，所以不爱说话吧。

吃螺蛳麻烦，要把螺蛳头剪了，螺蛳肉才能顺利地吸出来，这经验大家都有，怎么看不见洪家嫂嫂剪螺蛳呢？一问才知道，人家是在上班路上买的螺蛳，上班的时候剪的螺蛳，带回家就下锅了，安排得多有条理。女邻居们看着洪家嫂嫂端坐在桌子前，虽然手持一根牙签，但牙签大多时候是闲着的，洪家嫂嫂主要还是依靠吸吮的技巧把螺蛳吃下去，嗞的一下，嗒的一下，堆满螺蛳的碗一点点地空了，另一只装螺蛳壳的碗却一点点地满了。

洪家嫂嫂和洪三的婚姻生活不和睦，他们半夜里吵架，估计吵的内容有点妨碍风化，就压低声音吵，吵了一会儿没有解决问题，那粗鲁的洪三就打人了，洪三那个杀胚，搬惯钢锭的，下手是什么分量？洪家嫂嫂让他打得叫起来，邻居们竖着耳朵想听她哭闹，等待的结果是失望，洪家嫂嫂要脸面，她只是哭叫，什么难听话都不说。

第二天，洪家嫂嫂虽然保持了沉默，但眼里心里都是恨，大家都看得出来。她不给洪三做晚饭，给自己炒了更多的螺蛳，怀着深仇大恨，咝的一声，恨恨地吸进去，嗒的一声，又把螺蛳壳恨恨地吐出来，突然把牙签一扔，不吃了，旁边的女邻居正纳闷呢，听见她说："吃什么螺蛳？吃好的，吃虾，吃螃蟹，吃鸭子，吃穷他才解我的气！"

洪家嫂嫂其实是个敢想敢做的人，这一点大家都没有想到。后来小夫妻每次吵架，第二天洪家嫂嫂必然在家里暴饮暴食，虽然说的与做的有点距离，她并不总是吃昂贵的东西，毕竟洪三经济条件有限，可是洪家嫂嫂的胃口也是很怪的，那么瘦小的一个女人，怎么能吃下去那么多的酱鸭、油爆虾、白斩鸡？就像她对洪三的报复手段一样，她的胃口和性格一样让人百思不得其解。

洪三没得吃，谁让他总是打老婆呢？洪家嫂嫂吃完了把剩菜放进碗橱，上了锁，洪三要吃就必须把锁砸了，可洪三也是要面子的人，怎么能做这种事让邻居笑话？他就经常去小吃店吃阳春面，权充晚餐。

洪三后来倒不见瘦，说明阳春面也有其营养价值，可是那洪家嫂嫂却一天天地胖起来，街上所有人都看见了，她原来是瓜子脸，现在变成个南瓜脸，下巴有两层。仍然有人和洪三开玩笑，说，他们夫妻现在倒是般配了，谁还怕谁？不是东风压倒西风，就是西风压倒东风！

卤菜

七十年代我们街上有一家卤菜店，是国营的，两个营业员，一个是即将光荣退休的小堂的奶奶，一个却是刚刚分配了工作的高峰。小伙子和老太太本来就志不同道不合，偏偏高峰对待工作吊儿郎当的，尤其不注意卫生，出去上了厕所，回来也不肯洗手，小堂奶奶怎么催也不洗，他还狡辩说："你别叫好不好？本来人家不知道我上过厕所，你这么一叫——看看，看看，现在没有顾客来买卤菜了，你还怪我呢，怪你喜欢叫！"

自从高峰当了卤菜店营业员之后，卤菜的销量急剧下降，这与高峰的个人卫生有关，他老是站在柜台后面挖鼻孔，谁愿意在他手上买卤菜呢？那么多卤猪头肉、卤猪舌头、卤白肉原封不动地呆在盆子里，一副怀才不遇的样子，做营业员的也没有办法。天气又热，又不像大卤菜店有冰箱，小堂奶奶临下班前嗅一嗅各种卤菜，说："都坏了，只好我买回家去吃了。"当然是按照极其划算的处理肉的价格付的钱。高峰看在眼里，气在心里，心想："为什么总是你来沾这个便宜？"他嘴上又不好意思和老太太争，眼睁睁地看着小堂奶奶把一包包的卤菜带回家。

也是无心插柳，一老一少后来对于店里的营业额就不关心了，反正是国营的店，卖多卖少总店发的工资是一个数。小堂奶奶年轻时候是个先进工作者，现在临近退休，有点晚节不保，沾国家的便宜沾一点是一点。高峰知道她的心思，起初忍着，后来忍不下去了，就说："我也要，你把猪头肉留下，我好多朋友爱吃猪头肉。"小堂奶奶说："我们家小堂也最爱吃猪头肉呀。"高峰就带有恶意地说："你们家小堂不能再那么吃了，自己都快吃成个猪头了。"

后来每到下午三四点钟，高峰的狐朋狗友就来了。他们如果是从高峰这里走个后门，沾个便宜把猪头肉买回家也算了，小堂奶奶也不会生气。高峰的朋友是赌着吃的，他们玩牌，谁输了就在几秒钟内把所有猪头肉吃完，赢的人在一边数数。看着他们这样糟蹋总店送来的猪头肉，小堂奶奶那个心疼呀，她说："明天不让总店送猪头肉了！不送了！"高峰针锋相对，说："那什么都别送了，反正送了也卖不掉。"小堂奶奶知道高峰什么意思，只怪自己腰板挺不直，只好气呼呼地提前下班，让这帮年轻人在卤菜店里胡闹。

高峰和他朋友的猪头肉游戏大概维持了一个月，后来就出了事。有一天是高峰自己赌输了，愿赌服输，只好把三盆猪头肉按时吃下了肚子。吃撑了，肚子很难受，这是正常的，人的肚子吞进去这么多猪头肉都会撑着，所以高峰坚持着和他朋友打扑克，没想到后来就开始腹泻，一趟趟地跑厕所。高峰知道是猪头肉出了问题，后来只好把卤菜店的门关了，留在厕所边。猪头肉游戏也就被迫结束了。

总店的猪头肉从来没出过问题，怎么偏偏在他自己身上出了问题？高峰一直纳闷。过了很久以后，小堂奶奶已经退休了，高峰有一天心血来潮要清洗柜台，找到了以前小堂奶奶留下的半瓶肥皂水。看着那瓶子他突然就明白了，怪不得老太太那天临走时那么恶狠狠地说，他们这么糟蹋猪肉，要遭天报应的！闹了半天，是小堂奶奶报应了他，高峰不由得心头一惊，说：“这个老 ×，看不出来，还很阴险嘛。”

阴险也是应该的，大家知道，要不是小堂奶奶的阴险，高峰他们不知道要糟蹋多少国家的猪头肉！

鱼头

一到过年居得胜夫妻俩便忙起来了，尤其是在傍晚时分，我们经常看见他们站在门口送客人，有时候是女的送，有时候居得胜送，有时候客人比较重要，夫妻两个一起送。居得胜尽管只是一个科级干部，但他的派头很大，一手叉腰，挺着将军肚子，像毛主席一样随意地挥手，女的毕竟会来事一点，热情地吩咐客人说："过年来吃饭，一定要来啊！"

怎么能不热情呢？人家刚刚送来了年货，年货中又以鱼为多，青鱼、草鱼、黑鱼，都是从鱼塘里刚刚钓上来的，有的还活蹦乱跳的。所以，客人一走居得胜夫妇就忙开了。送来的鱼太多了，居家像个鱼铺子，黑鱼最受欢迎，养在水里多少天也不会死，其他鱼多了是累赘，他们夫妇只好合作着，一个刮鳞，一个剖鱼，及时地把鱼一条条地挂在绳子上，风干了以后就能腌了，腌了就不怕了，什么时候都能吃。

坛坛罐罐都派上了用场，还是不够用。居得胜的妻子就到邻居家借缸，说是要腌雪里蕻，邻居撇着嘴笑，说："什么雪里蕻？你们家的鱼腥了一条街了，没看见满街的猫都往你家跑？"居得胜的妻子有点尴尬，说："我们老居的朋友也滑稽，就不能送点别的？尽是鱼，弄得我这几天看见鱼就犯恶心。"邻居说："你犯恶心我不恶心，你家吃不了我来帮你吃好了。"居得胜的妻子犹豫了一下问："鱼头你们家吃不吃？"邻居说："吃，怎么不吃？你们不吃鱼头，都送我，我爱吃鱼头！"

邻里关系当然是要搞好的，后来居家就把鱼头都送给了邻居。邻居家姓王，家里孩子多，乡下老人都活着，经济条件不好，过年时候别人大鱼大肉往家里搬，他们家就准备了一只猪头，几条冰冻带鱼，居得胜免费奉送的鱼头便让老王用来改善了伙食。老王人是聪明的，对于烹调是无师自通，青鱼头、草鱼头放在一只锅里，红烧了吃，又放了点辣椒，味道很鲜美，结果孩子们抢着吃，把鱼的眼睛都吃到肚子里去了。

老王家境不好，什么都不够吃，不能像别的邻居一样，做了有特色的菜就端一点给邻居尝尝，所以在很长一段时间里没有任何人知道老王会做那道红烧鱼头，即使是提供了鱼头的居得胜家，也没吃过。

世事一贯难以预料。物质匮乏的七十年代像别的年代一样，终究也过去了。八十年代我们香椿树街刮起了一股破墙开店风，老王家也破了墙，开了一家饭馆。不知道是在哪儿受到的启发，他们的看家菜就是红烧鱼头。去老王家吃过的人都夸那鱼头味道好，说："从来不知道青鱼头、草鱼头红烧了好吃，更不知道两种鱼头一起炖，味道会这么好！"

居得胜夫妇后来也知道了老王鱼头的秘密，知道了就有一种莫名的辛酸。居得胜这几年混得不如意，喜欢骂人，说："他妈的，这老王没良心，靠了老子的鱼头发的财，也不来意思意思。"老王听说居得胜在家里骂人就差伙计送了一盆红烧鱼头来，让他消气，可是居得胜夫妇看着鱼头都吃不下去，居得胜的妻子沉思良久，叹了口气说：“当年是可怜他们呀，到底送给他多少鱼头，我怎么也记不起来了！”

绸布

下了桥右手第一家店铺就是成记绸布店，七十年代成记与商业战线的其他兄弟单位一样，更名为爱民绸布店，但是总有些上了年纪的妇人，嘴懒，在街上碰了面，互相招呼着说：“成记来了新的零头布了，不要布票，去看看呀？”

店铺的面积在我们街上算是大的，布柜是过去留下来的，嵌在三面的墙壁中，一匹匹色彩暗淡的或土气的棉布、府绸、尼龙、灯芯绒、黏胶布、的确良傻傻地站在那里，看着店堂里的女人们。女人们其实也没什么看头，穿得一片蓝一片灰一片黑的，与霓裳羽衣的要求相去甚远，说起来巧媳妇难为无米之炊，没有美丽的绸布哪来美丽的衣裳？它们这些布匹也是有责任的。

账台是个小玻璃房子，女收银员坐在里面就像坐在检阅台上，三股铁丝从各个柜台的上空通向这里，酷似如今城市中的高架桥，交通便捷。柜台上的营业员做好了买卖，把钱和布票夹在夹子里，夹子好比一架小飞机，上了航线，嗖的一声，就飞到了小玻璃房子里面。

或许是与布匹打惯了交道，爱民绸布店的营业员不管是男的还是女的，脾气也像布料一样温和柔软，缺乏其他商业战线的同志常有的莫名的火气和斗争方向。尤其是被女人们唤作申师母的那个，她见人就笑，不管你是好人坏人，只要你有布票，只要你听从了她的建议，选定了布料和长度，她就满足地微笑着，把布匹抱出来，啦、啦、啦，布匹在玻璃柜台上一串滚翻，将它的花纹和质地一点点地铺开，展示给你看。花纹是保守的掩掩藏藏的，质地是稀疏的差强人意的，也许正因为如此，布匹在出售的过程中不见一丝痛苦，反而带有某种歉意，而申师母为人熟悉的微笑，你也可以看作是安抚性的笑容，这笑容的潜台词是：不是什么好料子，不过棉花那么紧张，上哪儿去剪从前那么好的布料呢？凑合着剪回去裁件衣服吧。

这申师母是五十年代公私合营前成记的老板娘，不知道是幸运还是不幸，她的老板娘生涯刚刚开始就结束了。我们后来看着她在爱民绸布店里为人民剪布，把头发都剪白了。白了头发的申师母仍然保持着她的为人民服务的微笑，人缘一直很好，但有的女顾客私下里议论说："申师母现在不如以前那么热情了，你问她话她神情恍惚。"更让人惊讶的是她剪了一辈子布，现在一下剪子手就抖，不知是怎么回事，好几个女顾客把纸包里的布打开后发现，布头竟然是歪的。

后来大家知道申师母得了病，得的是精神方面的病。她女儿能说出那个怪里怪气的病的名称，可惜大家都没记住，只是哀叹一个这么好的人怎么脑子出了问题，怎么不让街上的那几个泼妇恶汉得这个怪病。申师母离开了桥边的布店，天天坐在家门口晒太阳，膝盖上放着一个棉垫子，坐在那里仍然向人们微笑着，

他有一天走进理发店，毫不犹豫地坐到了女理发师的前面，大家都看见他涨红了脸，指着自己的脑袋说：“头发长了，你给我剃吧。”女理发师或许是没有思想准备，一时竟然手足无措！

肉铺当时是一座看得见幸福的桥，至少对于那些胃口很大却又没有油水的孩子来说。

但你一眼能看出来那是个病人，她的目光定定地盯着路人的衣服，她的花白的脑袋始终在向左右两边摇晃，好像在否定大家的穿着打扮：

不好看不好看。
你穿得不好看。

点心

一个早市，一个午市，点心店里总是宾客盈门的。点心店里的两个营业员，一个胖胖的女人卖筹子，当时四十岁左右的年纪，脸上长着雀斑，面色红润，坐在柜台后面时看上去十分健康，待早市散了她走出柜台来收碗，你才发现女人是个残疾人，一条腿拖着另一条腿走路。另外一个小伙子是点心店唯一的大师傅，二十出头，模样可以说是很英俊了，只是说话结巴，结巴得还很厉害，好在他忙是忙在手上，在大灶上忙，你走到他面前也不是去和他攀谈，是去端面条、端汤团、端馄饨的，所以他结巴对别人一点也没有妨碍。

结巴小伙子的手艺不错，尤其是小馄饨做得好，虽不能像绿杨馄饨店那样的名店，奢侈到用鸡汤，但他舍得用荤油骨头，所以下午两点钟一过，午市开张以后，街上嘴馋的男女老少包括附近纺织厂的青年女工都会结伴来吃馄饨，吃完馄饨喝完汤，勺子还舍不得告别碗，就在碗边上敲一敲，说："明天再来吃一碗。"

有个怪现象大家是后来才注意到的，每当年轻的纺织女工们叽叽喳喳地冲进点心店，胖女人的脸就会莫名其妙地沉下来，她对她们极不耐烦，所以纺织姑娘们一出门就说胖女人的坏话，说："她是怎么回事？好像我们吃的是她家的馄饨似的，天天阴着个脸，难道我们吃馄饨不花七分钱的？"但灶上的小伙子给纺织姑娘们留下了很好的印象，或许是结巴造成了小伙子的缄默和腼腆，他不怎么和纺织姑娘搭讪，但他的大漏勺向他们表达了他的心情和友善，他会多给姑娘们一个两个馄饨，个别长得漂亮又会说话的，得到的几乎是一碗半馄饨！

这年春天，很突然地，街上流传着一个耸人听闻的风化案子，人人手指点心店。大家不能相信的是这起风化案子的当事人，一男一女，竟然是小牛嚼了枯草——女方是点心店的胖女人，这不奇怪，曾经有邻居在背后评价她身残志不残，深更半夜经常像猫一样乱叫，还说胖女人的丈夫是如何如何面黄肌瘦，令人不敢相信的是男方，男方竟然是点心店的那个小伙子，是那个小伙子和胖女人钻了近郊的菜花地，让好事的农民当场抓住，扭送去了派出所。

这事情一定是确凿无疑的，点心店盘点数天，而后重新开了门，大家涌进去吃点心，看见胖女人若无其事地坐在柜台上卖筹子，假装看不见食客们诡秘的不怀好意的表情，但她的小儿子在店里吃面，正好做了她指桑骂槐的工具，她说："吃你的面，眼睛贼溜溜的看什么看？人家的脸能当点心吃下去呀？"食客们走到里面，看见一个秃头的老师傅在灶上忙，结巴而英俊的小伙子已经不在这儿了。

点心店名字就叫群众点心店，人民群众当然有权利继续在这里吃点心。放弃这权利的是那些年轻的纺织姑娘，自从那年春天以后她们再也不去群众点心店吃馄饨了。有的姑娘说话有分寸，说那儿的馄饨现在不好吃了，所以不去吃，有个姑娘则是快人快语，将矛头直指点心店里发生的不伦事件，她说：“谁有胃口再进去？两个畜生做点心，脏不脏呀？恶心不恶心呀？”

年轻姑娘毕竟年轻，看待问题感情用事了，年纪大一些的男性食客对事情的看法是最宽容的，他们说：“你们试试去，让两块石头天天靠着，两块石头迟早滚到一起去！何况人家不是石头，人家是两个人，是一男一女两个人嘛！”

白铁铺子

我们那里把修补铝制品叫作敲白铁，敲白铁的人便被叫作白铁匠。白铁匠一般是游街做生意，手里敲，嘴里叫："坏锅坏水壶拿出来补啦。"房子里的人听见这声音便急急地冲出来，将一只漏了底的水壶或者黑乎乎的炒菜锅往白铁匠面前一扔，一边埋怨着他的手艺，说："去年才换的锅底，怎么今年又漏了？你再补不好我就把它扔了，去买新水壶来！"听上去这好像是对白铁匠的一种威吓：再不好好敲，让你以后没生意做！

不记得是哪一年了，街上凭空冒出了一家白铁匠店。五个中年或者接近老年的男人坐在一间临街的狭长形的屋子里，有的戴着老花镜，有的膝盖上铺着麻袋布，坐成一个半圆，乒乒乓乓地敲起白铁来。一贯很安静的街道一下子便变得不安静了，不仅不安静，简直是令人心烦。

细细向白铁铺里一看，你就知道有关方面开设这铺子是用心良苦。五个白铁匠，除了一个老孙货真价实，其他都是冒牌的，众人哑然失笑，原来里面坐着的尽是街上被打倒了的“牛鬼蛇神”。

一个姓汤的瘦老头是街上比较著名的人物，他的历史是最不干净也是最让人耻笑的，男子汉大丈夫，偏偏喜欢做逃兵，当国民党兵做逃兵情有可原，俘虏他让他参加了革命，本来是多么好的机缘，他不珍惜，还是逃。这么逃来逃去就给自己的档案抹了黑，把他归入牛鬼蛇神是一点也不过分的。

老汤原来跟一群女人一起加工纸盒子，他像贾宝玉在大观园一样如鱼得水，吃吃这个的豆腐，摸摸那个的屁股，好不自在，现在把他弄到这个白铁铺子来，老汤敢怒不敢言，其他牛鬼蛇神都夹着尾巴在洗心革面，他也不能消极怠工，就模仿着老孙，拿起小锤子，一心一意地敲白铁。老汤敲白铁敲得最响最密，但他不懂技术，怎么敲也是乱敲一气，他给旧锅、旧水壶换的底，用手轻轻一掰，新的锅底就掉下来了，那些勤俭持家的妇女气得不行，拿着东西到白铁铺子兴师问罪，老汤装糊涂，还问别的牛鬼蛇神，说："是谁补的这锅？纸糊的也比这结实嘛！"别的牛鬼蛇神也来气，为了对付狡猾的老汤，他们在他补的锅底下一律用墨水写上一个"汤"。

老汤的坏名声在新的岗位上继续传播着，孩子们后来拿着铝锅铝壶来白铁铺子时，常常附加一个条件："我妈妈说了，我家的锅不让老汤敲！"这种打击老汤倒是能承受的，促使老汤后来敲白铁技艺突飞猛进的是小组长老孙带回来的消息，有一天老孙从区里开会回来，忧心忡忡地看着老汤，说："你不能这么乱敲下去了，有的顾客向上面反映了，说你是破坏抓革命促生产的大好形势，上面也说了，你再这么干下去，要专门组织批斗会，斗你！"

老汤其实是个胆小如鼠的人，年轻时他能逃，现在年纪大了腿脚不好，况且祖国山河一片红，他也无处可逃。于是他决定虚心学艺了，突然向老孙一跪，说：“你收我做徒弟吧，你好好教，我好好学，否则把我揪台上去，你们也要陪斗的。”

后来老汤敲白铁便敲得很好了。我们家有一只专门用来煮粽子的大铝锅是老汤晚年的手艺，用到九十年代锅底也没掉。端午煮粽子的时候我母亲总要唠叨一句：“老汤当年补的锅底呀。”

锅还在，补锅的老汤早已经不在了。

理发店

街北的这家理发店紧挨着菜市场，所以每天人来人往的。有人进去理发，有人抱着婴儿进去给婴儿剃满月头，有人进去什么也不干，站在理发师的后面，看着人家理发，嘴里有一句没一句地和理发师（或者是顾客）聊天，莫名其妙地把理发店当成了茶馆。

炉子上长年煮着沸腾的开水，冬天的时候炉子和水汽使理发店显得特别地暖和，夏天这炉子便讨人厌了，理发师们把它请到了外面去。封炉子是不行的，在没有热水器的年代里，理发店离不开炉子，理发师们空下来会提着那壶沸水爬到一只凳子上，小心地把沸水灌进自制的土水箱里，打开龙头，就可以为你洗头了。水温没有办法调节，全靠理发师的经验，有时烫一点，有时冷一点，没有什么人会埋怨的。

理发店里突然分配来一个姑娘，一个圆圆脸的留短发的姑娘来这里做了一名女理发师。大家都有点不习惯，不仅是来这里理发的常客不习惯，来店里随便串串的人也不习惯。他们原来往大转椅上一坐，人是很放松的，什么话都说，现在一个姑娘站在旁边，有的荤话就不好出口了。这些人变得一本正经，理发师们也不习惯，他们的工作那么枯燥，原来有那么些老客来调剂一下，哈哈笑笑，时间过得就快一些，现在来了这个姑娘，大家都只挑能说的话说，于是理发店里就显得安静了许多，电推子嗡嗡的声音和剃刀在帆布上的刮擦声听上去都尖厉刺耳了。

女理发师也不自在，虽然穿好了白褂子，扶着一只转椅示意来人到她那儿去，可来人偏偏不往她那儿去。来理发的男人死心眼，姑娘家会剃什么头，弄不好剃个马桶盖出来让人笑话。来剪头吹风的女人心眼多，自己是女人还小看女人，信不过她，还是找熟悉的老王老李，人家正忙着，没关系，坐在一边等。

好在那个姑娘明白事理，遭此冷遇也不闹什么情绪，大人不要她理发，她就把那些半大的孩子拉到自己那里，几乎是强迫似的，将白围兜紧紧地扣住你的脖子，往哪儿看？看镜子，头别动，低一点。推子果断地响起来，头发已经掉了一圈，你想跑也跑不了啦。

凡事都有例外，我们街上小堂的哥哥就是一个例外，他有一天走进理发店，毫不犹豫地坐到了女理发师的前面，大家都看见他涨红了脸，指着自己的脑袋说："头发长了，你给我剃吧。"女理发师或许是没有思想准备，一时竟然手足无措，她说："要不要——"说着她看看其他的理发师，理发师们却暧昧地看着她，不作任何表示，意思是你大胆地剃吧，剃成什么就是什么，人家就是找你剃，与我们不相干。

小堂的哥哥是醉翁之意不在酒，大家后来都发现了。发现以后，大家都说这个家伙看上去木讷，实际上是诡计多端，其他小伙子追求女朋友，谁不是费了九牛二虎的力气，他却省心，往理发店一坐，坐了几次，就把女朋友追到手啦！

女理发师姓陈，后来她果然做了小堂的嫂子。好在小夫妻俩后来的婚姻生活还算美满，男的女的都没吃亏的样子，否则我们真的要怀疑这小陈缺心眼了。

肉铺

肉铺当时是一座看得见的幸福桥，至少对于那些胃口很大却又没有油水的孩子来说，如果他们的母亲早上挎着篮子去了肉店，那他们的午餐或者晚餐将是一种明明白白的幸福，这幸福盛放在盘子里，散发出久违的红烧肉的香味。街上王五六的儿子对幸福的造句竟然就是这样写的：幸福就是红烧肉。结果那小男孩让语文老师揪着耳朵推出了校门，老师说："你回家吃红烧肉去！"王五六的孩子像王五六一样没头脑，还是一个劲地纠缠于肉的问题，他将书包在墙上砸过来砸过去，冲着老师愤怒的背影嚷："我们家从来没有红烧肉，我春节过年吃过一次，后来再也没吃过！”

其实猪肉还是能买到的，只要逢周二、周四、周六，只要你肯在凌晨时分去肉店排队，只要你与肉铺里的几个店员保持良好的关系，你可以买到半斤以内的新鲜的肋条，或者坐臀，或者五花肉，或者新鲜的猪肝、猪肺、猪大肠，在半斤以内，丰俭由人。

可是为什么街上有的人到了七点钟太阳升得很高了才去肉铺，却照样拎回来热腾腾的新鲜猪肉呢？为什么不是逢年过节，有的人能够随意地把一只猪头用报纸包着带回家，卤了吃，腌了吃？猪耳朵那么大那么肥，一切一大盆，有的人花很少的钱，就把别人一年才能积存的油水全部吃到肚子里去了。

这就要说起肉铺里的一个国字脸女人了。这女人尽管天天与猪肉和刀斧打交道，却是一个权力与智谋兼备的人，用现在流行的话语来说，是一个标准的女大腕。她在街上的地位与受人追捧的程度可以让北京的女部长嫉妒。她在工作中从不与熟人说话，但她的眼睛在说话：现在别来跟我拉近乎，反正我让你沾点便宜就是喽。她的斧头也是长眼睛的，远的疏的不欺负你，但瘦的肥的按店规搭配好了，说是三两肉绝不多给一钱，相反的是那些多年与她保持着睦邻友好关系和互惠互利关系的人，这些人经常怀揣着一个令人心跳的秘密奔向肉铺，不知从国字脸女人那里捞了多少油水，这些人的脸色看上去就比别人红润一些，体形也要胖一些，他们以为自己保养得好，殊不知这与平时的营养也是分不开的，营养从哪儿来？当然从国字脸女人那里来。

国字脸女人后来不知怎么得了肝炎。肝炎要传染，饮服公司革委会研究决定让她离开了肉铺，离开肉铺到哪儿去呢？肝炎带了菌的人不能在饮食服务业工作了，她就去了煤球店。大家知道那时候煤球也是要凭票的，煤球店的店员执掌煤权，国字脸女人虽然有点失落，但还是服从组织安排去了新的岗位，这么着她就和煤球店里的小兵他妈成为同事了。

也是人心不古，小兵他妈原来是用煤球和国字脸女人互通有无的，现在两个女人各自守着一架磅秤，谁也用不着谁，友谊很快就为了一些琐事彻底破裂了。女人一翻脸喜欢揭人之短，吵了没几句就把从前的秘

在漫长的童年时光里，我不记得童话、糖果、游戏和来自大人的过分的溺爱，我记得的是清苦，记得一盏十五瓦的黯淡的灯泡照耀着我们的家，潮湿的未浇水泥的砖地，简陋的散发着霉味的家具，四个孩子围坐在方桌前吃一锅白菜肉丝汤。

这种遗忘似乎符合现代城市人的普遍心态，没有多少人会去想念从前的老师同窗和旧友故交了。人们有意无意之间割断与过去的联系，致力于想象设计自己的未来。

密吵出来了。国字脸女人说："你现在像个标兵样子，我过去来买煤球，你收我五十斤的煤球票，称给我多少斤煤球？八十斤啊！"小兵他妈妈不甘下风，结果就抖落出一个更加惊人的秘密，她说："你倒是标兵了？我给你一块钱割三两肉，你给了我半斤肉不算，还倒找我两块钱！"

卖药

我们街上的药材店是老字号，我很小的时候那店开着，里面有几个老头子站在幽暗的高大的柜台后面，露出一个饱经风霜的脑袋，无所事事地向街道张望，他们闲着是好事，可以想象的，如果他们像粮店那样忙起来，人民群众的健康一定出大问题了。药材店不知什么原因关了好几年的门，门口堆起了豆制品门市部的木头架子，那些粗笨的大木头架子好像存心堵着药材店的塞板门，一定是以为药品市场已经革命到底，人们不再需要中草药了。这肯定是有失偏颇的，代表的是西药的观点。有一年药材店忽然就重新开了门，平时街上一些病病歪歪的人便互相奔走相告了。

原来的几个老店员却不在了，现在的两个店员都是姑娘，一个很年轻，另一个老成一些，但也是姑娘，反正不像是给人抓药的。她们站在药材店新置的日光灯下面，眉目让人看得很清楚，后面的小格子窗似的小药屉上的编号人们也能看清楚了，可是看清楚了不一定是好事。街上的人们仍然相信中医，可他们拿着药方却不一定去我们街上的药材店。老谋深算的人考虑问题很细致，革命需要小将的干劲，抓药这样的事却不需要他们，万一抓错了药呢？

药材店里很安静，两个姑娘总是比画着说话，有人进去买红药水或甘草、枸杞之类的东西，仔细一观察，其中的一个姑娘竟然是个哑巴！

哑巴姑娘对待工作的热情明显好过另一个，她几乎是从早到晚端立于柜台后面，用聋哑人特有的明亮的眼睛看着来往路人，好像在说："把药方拿来，拿来，让我为你服务，服务！"可是人们就是不能改变他们的偏见，即使偶尔有去药材店抓一副治头疼脑热的药方，他们也把药方交给那个会说话的小马姑娘。

凡事皆有例外，是金子总有闪光的时候。哑巴姑娘也许是坚信这一条，一直无怨无恨地在药材店空站着。这年夏天罗平的姐姐连续几天在药材店门口徘徊，她向药材店里面偷看，热情的哑巴姑娘就向她招手，招了好几次手，罗平的姐姐就扭扭捏捏地进去了，进去以后却对着小马姑娘说话：“你们卖不卖沙药水？”小马姑娘摇头说：“什么是沙药水？我们这儿只有紫药水红药水。”被冷落的哑巴姑娘看看女顾客的嘴，对同事打了个手语，原来她知道沙药水在哪里，不仅知道，还立刻扑进去取了一瓶放在柜台上。罗平的姐姐把药瓶抓着，对小马姑娘说：“我消化不良，医生让我买三瓶。”这小马姑娘看清了沙药水摆放的位置，很省力地过去又拿了两瓶。照理说药材店里的店员难得有为人民服务的机会，有人一下买三瓶药水应该高兴才是，没想到哑巴姑娘突然呜呜地叫起来，不仅叫，她还抢下了两瓶放在怀里，其他两个人都惊讶，罗平的姐姐更是急白了眼，隔着柜台对哑巴姑娘又抓又挠的。哑巴姑娘非常机智，突然抓起笔在纸上写了一个字：死。她把纸团塞在罗平姐姐的手里就躲到一边去了。

罗平的姐姐没有给小马姑娘看那个字，所以这个纸团成为了一个秘密，也使罗平的姐姐后来莫名其妙地做了哑巴姑娘的朋友。这年夏天，街上流传着罗平姐姐未婚先孕的小道消息，又从市医院传来一个与沙药水有关的可怕的新闻：不止一个姑娘听信偏方，大量服用沙药水能打胎，结果害了自己的性命。

凡与中草药有关的，哑巴姑娘什么都懂，小马姑娘不奇怪，她知道哑巴是这家老字号主人梁文儒的孙女。可是小马姑娘说：“沙药水是西药呀，你怎么也懂？”哑巴姑娘一下子就沉默了，后来她一边哭一边给饶舌的同事打手语，手语说：“我妈妈就是服三瓶沙药水死的，她受苦太多了，不想活了。”

茶馆店

茶馆店就是茶馆，不知道我们那里的人为什么多此一举，把一个简单的公共场所叫复杂了，如果推敲起来，别人会问："这茶馆店到底是什么意思？是馆还是店？"或者有顶真的人问你："馆和店有什么区别？"又或者问你："馆和店这么叠在一起，说明它除了喝茶还兼做茶叶铺子吗？"这时，你就会感受到吴方言有其累赘和无事生非的缺陷了，只好敷衍了事，说："其实就是茶馆！"

我们街上那家茶馆店坐落在桥边，一座木结构的二层楼，远看会以为那是一幢普通的民居，楼栅上棕红色的油漆剥落多年，没上新漆，楼上的窗户是排窗，能开的都开着，不能开的都是窗销锈死了的。人从桥上过，视线与楼上窗子里的人头接触，看见那些脑袋多是花白的、苍老的，有的背向你，有的是个侧影，一动不动，似乎懒得转动一下。你伏在桥栏上向下看，一眼能够看见老虎灶的水汽、灶火和堆得很高的砻糠，看见德明的奶奶苦着脸站在灶前，围着一个肮脏的围裙，将一壶一壶的开水透过一个铝水斗灌进一个热水瓶中，如果是夏天，德明的奶奶会突然叫一声："热煞哉！"

这么人声鼎沸的地方，只能是一家茶馆，令人遗憾的是茶馆里面所有的高音低音都来自老年男性，偶尔有个女性怨恨的声音响起来，也是一个老年的女性，是德明的奶奶在抗议茶客们私自把茶叶盒打开，花了一毛钱，却又给自己新沏了一杯茶。

孩子们如果去茶馆店，一定是家里人打发去买开水的，这样的孩子手里提着两个热水瓶走进茶馆店，把两分钱往灶台上一只瓷碗里一扔，德明的奶奶就过来了。德明的奶奶乐于为孩子灌开水，嘴里是不肯放过批评机会的：“你们家没有煤炉吗？连开水都不肯烧！”德明的奶奶撇着嘴，转向一楼几张桌子说：“这小孩倒是很勤快的，他们家大人，哼，懒得出蛆！”

没有孩子喜欢街上的茶馆店，我也不喜欢。但是我想起从前的某个冬天，我缩着脖子走在上学的路上，北风像一个疯狂的医生盯着我的脸，这儿给我一针那儿给我一针，可走过茶馆店时，棉帘子里扑出来一股热气，让我忍不住地要在门口站一站，站一站就站出了思想的转变。我听着茶馆店里传出几个评弹票友拿腔捏调地唱着什么弹词开篇，有人还在拨弄一把月琴，月琴也在业余地歌唱，隔着窗玻璃，我看见的是一片温暖的热气，热气里老人们的脑袋若隐若现的。我突然发现做一个老头也是不错的，不用上学，再冷的天也不用怕，往热乎乎的茶馆店里一坐，喝茶，聊天，唱评弹，我认为这么着过冬是很快活的，这么着过了一生中所有的冬天就更快活了。

过去随谈（代后记）

说到过去，回忆中首先浮现的还是苏州城北的那条百年老街。一条长长的灰石路面，炎夏七月似乎是淡淡的铁锈红色，冰天雪地的腊月里却呈现出一种青灰的色调。从街的南端走到北端大约要花费十分钟，街的南端有一座桥，以前是南方城池所特有的吊桥，后来就改成水泥桥了。北端也是一座桥，连接了苏沪公路，街中间则是我们所说的铁路洋桥。铁路桥凌空跨过狭窄的城北小街，每天有南来北往的火车呼啸而过。

我们街上的房屋、店铺、学校和工厂就挤在这三座桥之间，街上的人也在这三座桥之间走来走去，把时光年复一年地走掉了。现在我看见一个男孩背着书包滚着铁箍在街上走过，当他穿过铁路桥的桥洞时，恰恰有火车从头顶上轰隆隆地驶过，从铁轨的缝隙中落下火车头喷溅的水汽，而且有一只苹果核被人从车窗里扔到了他的脚下。那个男孩也许是我，也许是大我两岁的哥哥，也许是我的某个邻居家的男孩。但是不管怎么说，那是我童年生活的一个场景。

我从来不敢夸耀童年的幸福，事实上我的童年有点孤独，有点心事重重。我父母除了拥有四个孩子之外基本上一无所有。父亲在市里的一个机关上班，每天骑着一辆破旧的自行车来去匆匆；母亲在附近的水泥厂当工人，她年轻时曾经美丽的脸到了中年以后经常是浮肿着的，因为疲累过度，也因为身患多种疾病。多少年来父母亲靠八十多元钱的收入支撑一个六口之家，可以想象那样的生活是多么艰辛。

我母亲现在已长眠于九泉之下，现在想起她拎着一只篮子去工厂上班的情景，仍然历历在目。篮了里有饭盒和布纳鞋底，饭盒里有时装着家里吃剩的饭和蔬菜，有时却只有饭没有别的，而那些鞋底是预备给我们兄弟姐妹做棉鞋的。她心灵手巧却没有时间，必须利用工余休息时纳好所有的鞋底。

在漫长的童年时光里，我不记得童话、糖果、游戏和来自大人的过分的溺爱，我记得的是清苦，记得一盏十五瓦的黯淡的灯泡照耀着我们的家，潮湿的未浇水泥的砖地，简陋的散发着霉味的家具，四个孩子围坐在方桌前吃一锅白菜肉丝汤，两个姐姐把肉丝让给两个弟弟吃，但因为肉丝本来就很少，挑几筷子就没有了。

母亲有一次去酱油铺买盐掉了五元钱，整整一天她都在寻找那五元钱的下落。当她彻底绝望时，我听见了她那伤心的哭声，我对母亲说："别哭了，等我长大了挣一百块钱给你。"说这话的时候我大概只有七八岁，我显得早熟而机敏，它抚慰了母亲，但对于我们的生活却是无济于事的。

那时候我最喜欢的事情是过年。过年可以放鞭炮、拿压岁钱、穿新衣服，可以吃花生、核桃、鱼、肉、鸡和许多平日吃不到的食物。我的父母和街上所有的居民一样，喜欢在春节前后让他们的孩子幸福和快乐几天。

当街上的鞭炮屑、糖纸和瓜子壳被最后打扫一空时，我们一年一度的快乐也随之飘散。上学、放学、作业、打玻璃弹子、拍烟壳——因为早熟或者不合群的性格，我很少参与街头孩子的这种游戏。我经常遭遇的是这种晦暗的难挨的黄昏，父母在家里高一声低一声地吵架，姐姐躲在门后啜泣，而我站在屋檐下望着长长的街道和匆匆而过的行人，心怀受伤后的怨恨：为什么左邻右舍都不吵架，为什么偏偏是我家常常吵个不休？

我从小生长的这条街道后来常常出现在我的小说作品中，当然已被虚构成“香椿树街”了。街上的人和事物常常被收录在我的笔下，童年的记忆非常遥远却又非常清晰，从头拾起令我有一种别梦依稀的感觉。

我初入学堂是在一九六九年秋季，仍然是动荡年代。街上的墙壁到处都是标语和口号，现在读给孩子们听都是荒诞而令人费解的了，但当时每个孩子都对此耳熟能详。我记得我生平第一次写下的完整句子都是从街上看来的，有一句特别抑扬顿挫：“革命委员会好！”那时候的孩子没有学龄前教育，也没有现在的广告和电视文化的熏陶，但满街的标语口号教会了他们写字认字，再愚笨的孩子也会写“万岁”和“打倒”这两个词组。

小学校是从前的耶稣堂改建的，原先牧师布道的大厅做了学校的礼堂，孩子们常常搬着凳椅排着队在这里开会，名目繁多的批判会或者开学典礼，与昔日此地的宗教仪式已经是南辕北辙了。这间饰有圆窗和彩色玻璃的礼堂以及后面的做了低年级教室的欧式小楼，是整条街上最漂亮的建筑了。

我的启蒙教师姓陈，是一个温和的白发染鬓的女教师，她的微笑和优雅的仪态适宜于做任何孩子的启蒙教师，可惜她年龄偏老，而且患了青光眼，到我上三年级时她就带着女儿回湖南老家了。后来我在学生生涯里有了许多老师，最崇敬的仍然是这位姓陈的女教师，或许因为启蒙对于孩子弥足珍贵，或许只是因为她有那个混乱年代罕见的温和善良的微笑。

读小学二年级的时候，因为一场重病我休学在家，每天在病榻上喝一碗又一碗的中药，那是折磨人的寂寞时光。当一群小同学在老师的安排下登门慰问病号时，我躲在门后不肯出来，因为疾病和特殊化我羞于面对他们。我不能去学校上学，我有一种莫名的自卑和失落感，于是我经常在梦中梦见我的学校、教室、操场和同学们。

说起我的那些同学（包括小学和中学的），我们都是一条街上长大的孩子，彼此知道每人的家庭和故事，每人的光荣和耻辱。多少年后我们天各一方，偶尔在故乡街头邂逅，闲聊之中童年往事便轻盈地掠过记忆。我喜欢把他们的故事搬进小说，写成一组南方少年的故事。我不知道他们是否会从中发现自己的影子，也许不会发现，因为我知道他们都已娶妻生子，终日为生活忙碌，他们是没有时间和兴趣去读这些故事的。

去年夏天回苏州家里小住，有一天在石桥上碰到中学时代的一个女教师，她看见我第一句话就是："你知道宋老师去世的消息吗？"我很吃惊，宋老师是我高中的数学教师和班主任，我记得他的年纪不会超过四十五岁，他是一个非常严谨而敬业的老师。女教师对我说："你知道吗？他得了肝癌，都说他是累死的。"

我不记得我当时说了些什么，只记得那位女教师最后的一番话。她说："这么好的一位教师，你们都把他忘了，他在医院里天天盼着学生去看他，但没有一个学生去看他，他临死前说他很伤心。"

在故乡的一座石桥上，我受到了近年来最沉重的感情谴责，扪心自问，我确实快把宋老师忘了。这种遗忘似乎符合现代城市人的普遍心态，没有多少人会去想念从前的老师同窗和旧友故交了。人们有意无意之间割断与过去的联系，致力于想象设计自己的未来。对于我来说，过去的人和物事只是我的小说的一部分了。我为此感到怅然，而且我开始怀疑过去是否可以轻易地割断，譬如那个夏日午后，那个女教师在石桥上问我："你知道宋老师去世的消息吗？"

说到过去，我总想起在苏州城北度过的童年时光，我还想起十二年前的一天，我在远离苏州去北京求学的途中那份轻松而空旷的心情。我看见车窗外的陌生村庄上空飘荡着一只纸风筝，看见田野和树林里无序而飞的鸟群。风筝或飞鸟，那是人们的过去以及未来的影子。